U0528884

念楼学短
【修订版】
合集

之乎者也

锺叔河 著

人民文学出版社

序

朱航满

我喜欢中国的山水、书画和文章,山水最爱江南,书画尤好宋元,文章多读古人笔记、日记、书信、题跋,因其多见性情,少有作态,故能常读常新。山水书画亦是文章,有个性少做作,才会"相看两不厌"。

念楼先生提倡"学短",按说文章该长则长,该短则短。但我理解他的深意:作文的第一阶段"看山是山看水是水",只能作短;第二阶段"看山不是山看水不是水",便长了起来;第三阶段"看山还是山看水还是水",才能写得出短而精、短得有意味的文章来。

"念楼学短"现在出"合集"了,我很欣赏"念楼读"的文字质朴,"念楼曰"的思想清明,都能与他所选的绝妙短文相得益彰。若将这些连缀起来,成为五百多则"念楼读""念楼曰",可称当代文章佳话。我觉得,这是《念楼学短合集》读者最应关注的地方。

先生四十年前编《知堂书话》,序文中论及知堂的学问文章,引明人答《昭明文选》何故有诗之言曰:"他读的书多"。此言极妙,亦可解释《念楼学短》何以会越读越"有意味"呢!

二〇二三年十一月二十七日于北京。

自 序 四

[原为2002年湖南版《念楼学短》的自序]

"学其短"十年中先后发表在北京、南宁和上海三地报刊时,都写有小序,此次略加修改,仍依原有次序,作为本书前三卷的序言。要说的话,历经三次都已经说完,自己认为也已经说得十分清楚了。

三次在报刊上发表时,专栏的名称都是叫"学其短",这次却将书名叫作"念楼学短"。因为"学其短"学的是古人的文章,不过几十百把个字一篇;而"念楼读"和"念楼曰"却是我自己的文字,是我对古人文章的"读"法,然后再借题"曰"上几句,只能给想看的人看看,文责自负,不能要古人替我负责。

关于念楼,我曾经写过一篇文章,最后一句是这样说的:
"楼名也别无深意,因为——念楼者,即廿楼,亦即二十楼也。"
二千零二年六月四日于长沙城北之念楼。

之乎者也

关于《之乎者也》的说明

《之乎者也》是《念楼学短合集》五卷本的卷四，湖南原版所收的内容，详情如下：

"宋人小说类编十篇"，"老学庵笔记十篇"，"南村辍耕录五篇"，"菽园杂记六篇"，"古今谭概五篇"，"广东新语八篇"，"广阳杂记十一篇"，"巢林笔谈十篇"，"子不语八篇"，"阅微草堂笔记八篇"，"扬州画舫录九篇"，"两般秋雨庵随笔八篇"，"春在堂随笔八篇"，计一百零六篇。

原版所收都是古籍中归于"笔记小说"和"说部"一类内容，看似无须调整，但不收"古今说部之首"的《世说新语》有些说不过去。而"巢林笔谈十篇"全是龚炜个人抒怀寄意之作，很少通常笔记小说叙事志异的内容，故将其改题"龚炜文十篇"移往卷三，而从卷一中将"世说新语十一篇"移来置于卷首了。

调整后的详情为：

"世说新语十一篇"，"老学庵笔记十篇"，"宋人小说类编十篇"，"南村辍耕录五篇"，"菽园杂记六篇"，"古今谭概五篇"，"广东新语八篇"，"广阳杂记十一篇"，"子不语八篇"，"阅微草堂笔记八篇"，"扬州画舫录九篇"，"两般秋雨庵随笔八篇"，"春在堂随笔八篇"，计十三组一百零七篇。

五卷本皆以篇名作书名,《之乎者也》即"宋人小说类编十篇"第一篇之名。

目 录

[世说新语十一篇]（刘义庆）

　　永恒的悲哀（木犹如此）..............002

　　才女（柳絮因风）..............004

　　从容与慷慨（广陵散）..............006

　　生死弟兄（人琴俱亡）..............008

　　妈妈的见识（赵母嫁女）..............010

　　一罐鲊鱼（陶母封鲊）..............012

　　林下风气（无烦复往）..............014

　　乘兴（雪夜访戴）..............016

　　酒给谁喝（公荣无预）..............018

　　亲爱的（王安丰妇）..............020

　　急性子（王蓝田）..............022

[老学庵笔记十篇]（陆游）

　　一副八百枚（大傩面具）..............026

　　不为人知（墓志增字）..............028

　　刺秦桧（不了事汉）..............030

　　炒栗子（李和儿）..............032

　　蔑视痛苦（鲁直在宜州）..............034

　　名字偏旁（时相忌忮）..............036

泥娃娃（鄜州田氏）．．．．．．．．．．．．．．．． 038

放火三天（田登忌讳）．．．．．．．．．．．．．． 040

地下黑社会（无忧洞）．．．．．．．．．．．．．． 042

口头语（外后日）．．．．．．．．．．．．．．．． 044

〔宋人小说类编十篇〕

之乎者也（高文虎·朱雀之门）．．．．．．．．．． 048

敢言的戏子（张仲文·不油里面）．．．．．．．． 050

不如狮子（张师正·员外郎）．．．．．．．．．． 052

拍马屁（张师正·愿早就木）．．．．．．．．．． 054

县太爷写字（陈宾·东坡书扇）．．．．．．．．． 056

皇帝的风格（陈晦·九里松牌）．．．．．．．．． 058

独乐园（俞文豹·只相公不要钱）．．．．．．．． 060

朝云（费衮·一肚皮不合时宜）．．．．．．．．． 062

黑暗时代（孙宗鉴·必曰呜呼）．．．．．．．．． 064

傍人门户（苏轼·争闲气）．．．．．．．．．．． 066

〔南村辍耕录五篇〕（陶宗仪）

棒打不散（朝仪）．．．．．．．．．．．．．．．． 070

学者从政（征聘）．．．．．．．．．．．．．．．． 072

大国的体面（使交趾）．．．．．．．．．．．．．． 074

正室夫人（司马善谏）．．．．．．．．．．．．．． 076

有气味（病洁）．．．．．．．．．．．．．．．．． 078

[菽园杂记六篇]（陆容）

    儿子岂敢（王侍郎）................. 082

    谈"御制"（御制大全）................. 084

    自称老臣（危素）................. 086

    染发（白发白须）................. 088

    画圣像（传写御容）................. 090

    乌桕树（桕）................. 092

[古今谭概五篇]（冯梦龙）

    心中无妓（两程夫子）................. 096

    大袖子（盛天下苍生）................. 098

    不怕杀头（仕途之险）................. 100

    那两年靠谁（吴蠢子）................. 102

    人之将死（此酒不堪相劝）................. 104

[广东新语八篇]（屈大均）

    水流鹅（淘鹅）................. 108

    狗与奴才（番狗）................. 110

    瑶人美食（竹鼬）................. 112

    何必引韩诗（龙虾）................. 114

    金色的丝（天蚕）................. 116

    香分公母（丁香）................. 118

    夺香花（瑞香）................. 120

    草木之名（步惊）................. 122

〔广阳杂记十一篇〕（刘献廷）

  洪太夫人（洪承畴母）................ 126

  谢客启事（参马士英）................ 128

  抬轿子（舆夫）.................... 130

  小西门（天下绝佳处）................ 132

  春来早（长沙物候）................. 134

  看衡山（南岳）.................... 136

  瑰丽的雪（雪景之奇）................ 138

  鸡公坡（门联）.................... 140

  孤独的夜（舟泊昭陵）................ 142

  采茶歌（十五国章法）................ 144

  双飞燕（汉阳渡船）................. 146

〔子不语八篇〕（袁枚）

  虫吃人（炮打蝗虫）................. 150

  死不松手（僵尸执元宝）.............. 152

  千佛洞（肃州万佛崖）................ 154

  大榕树（楚雄奇树）................. 156

  卖祖宗像（偷画）.................. 158

  装嫩（粉楦）..................... 160

  雁荡奇石（动静石）................. 162

  砸夜壶（溺壶失节）................. 164

〔**阅微草堂笔记八篇**〕（纪昀）

    两个术士（安中宽言）................ 168

    自己不肯死（乩判）................ 170

    老儒死后（边随园言）................ 172

    鬼有预见（徐景熹）................ 174

    报应（天道乘除）................ 176

    死了还要斗（曾英华言）................ 178

    狐仙也好（陈句山移居）................ 180

    贪官下地狱（州牧伏诛）................ 182

〔**扬州画舫录九篇**〕（李斗）

    飞堉（叶公坟）................ 186

    僻静得好（桃花庵）................ 188

    茶楼酒馆（扑缸春）................ 190

    演法聪（二面蔡茂根）................ 192

    男旦（魏三儿）................ 194

    丝竹何如（知己食）................ 196

    以眼为耳（明月楼）................ 198

    同声一哭（珍珠娘）................ 200

    苏州泥人（雕绘土偶）................ 202

〔**两般秋雨庵随笔八篇**〕（梁绍壬）

    座右铭（吕叔简语）................ 206

    不白之冤（不白）................ 208

警句（刘子明语）...................... 210

蔡京这样说（丧心语）.................. 212

女人之妒（吃醋）...................... 214

借光（诗傍门户）...................... 216

立威信（上舍）........................ 218

夏紫秋黄（葡萄）...................... 220

[春在堂随笔八篇]（俞樾）

夫妻合印（词场佳话）.................. 224

百工池（非颠僧遗迹）.................. 226

碧螺春（洞庭山茶叶）.................. 228

又是一回事（谢梦渔）.................. 230

纪岁珠（歙人妇）...................... 232

甘露饼（勒少仲送饼）.................. 234

封印（官府年假）...................... 236

不说现话（赋七夕）.................... 238

世说新语十一篇

永恒的悲哀

[念楼读]

桓温为大司马,领平北将军,统兵北伐。行经金城,见到自己从前任琅玡太守时移栽在此地的杨柳,已经长成合抱的大树,他很有感慨,深情地说:

"树都长得这么大了,教人怎么能不老。"

一面攀挽着低垂的柳条,轻轻地抚摸着,眼泪夺眶而出。

[念楼曰]

生命有限而流年易逝,这是人类普遍的永恒的悲哀。王羲之《兰亭集序》和朱自清《匆匆》写的便是它。不过常人"欣于所遇"时,就像飞舞在阳光中忙着找对象的蜉蝣,不会感觉到这一点。

桓温在史书上被称为叛逆,说他是"孙仲谋、晋宣王(司马懿)之流亚",反正是一个野心大本事也大的人。他二十三岁就当了琅玡太守(治金城),可谓少年得志,后来在东晋朝廷中的地位步步上升,少有蹉跌。此次北伐,据余嘉锡《笺疏》说在太和四年(370年),桓温的权力已臻顶峰,总统兵权,专擅朝政,到了可以废立皇帝的程度。然而"公道世间惟白发","温时已成六十之叟"(《笺疏》引刘盼遂语),大概觉得纵然人生得意,仍然"大命未集"(同上)。这时候,大司马领平北将军也就现了原形,仍然是一个普通而真实的人。

木犹如此

刘义庆

桓公北征经金城．见前为琅邪时种柳．皆已十围慨然曰木犹如此人何以堪．攀枝执条泫然流泪．

[学其短]

◎ 本文录自刘义庆《世说新语·言语》。《世说新语》是杂记汉末魏晋人物言行的一部书。

◎ 刘义庆，南朝彭城人，宋武帝刘裕之侄，袭封临川王。

◎ 桓公，即桓温，字元子，东晋权臣，晋明帝的女婿。

◎ 琅邪，郡名，治地在今山东诸城。晋室南渡后在金城（今江苏句容）侨置。

才 女

[念楼读]

　　某日天寒下雪，谢安正在同本家的儿女们谈文学，谈文章。雪越落越大，他的兴致也越来越高，问儿女们道：

　　"这大雪纷纷，如果要描写它，你们用什么来比拟呢？"

　　侄子胡儿道："刚才下雪子，落下来沙沙地响，有点像从空中往下撒盐吧。"

　　侄女却说道："此刻的鹅毛大雪，倒像是春风将柳絮吹得满天飞哪。"

　　谢安听了，高兴地笑了起来。

　　这位将柳絮比雪花的姑娘，便是谢安大哥谢无奕的女儿道韫，后来嫁给王羲之做二儿媳的，有名的才女谢氏夫人。

[念楼曰]

　　前人也说过，以撒盐比下雪子，以飞絮比下雪花，都很形象，无分优劣。但若从文学描写的角度看，空中撒盐断难为真，风吹柳花则是常景；而这种似花还似非花的东西，作为春天的标志，又特别能使人联想起春的温馨和情思，在天寒下雪枯寂之时，更具有亲和力。难怪谢太傅当时"大笑乐"，即我辈于一千六百余年后，亦不能不为之折服。

　　从此亦可见当时江左高门中的文化氛围，似乎比十四个世纪后的大观园中还多一点自由平等的空气，因为没见过贾政和林、薛、史、探春"讲论文义"。

柳絮因风

刘义庆

谢太傅寒雪日内集.与儿女讲论文义.俄而雪骤.公欣然曰白雪纷纷何所似.兄子胡儿曰.撒盐空中差可拟兄女曰.未若柳絮因风起.公大笑乐.即公大兄无奕女.左将军王凝之妻也.

[学其短]

- 本文录自《世说新语·言语》。
- 谢太傅,名安,字安石,东晋名臣。
- 胡儿,谢安次兄据之子,名朗。
- 兄女,谢安长兄奕(字无奕)之女,名韬元,字道韫。
- 王凝之,王羲之第二子。

从容与慷慨

[念楼读]

嵇康在洛阳东门外被杀时,到了刑场,神色不变,镇定如常。他要来一张琴,弹了一曲《广陵散》,弹完后道:

"袁孝尼找我要学这支曲子,我不肯教。从今以后,这《广陵散》只怕也无人能弹了。"

太学里三千学生上书,请求赦免嵇康,让他去教书。晋王司马昭不准,还是将嵇康杀了。不过这位后来被尊称为"文皇帝"的奸雄,据说也有一些后悔。

[念楼曰]

慷慨就义易,从容赴死难,如嵇康者,可说是从容赴死的了。当时宣布处死嵇康的理由是:

> 今皇道开明,四海风靡,边鄙无诡随之民,街巷无异口之议。而康上不臣天子,下不事王侯,轻时傲世,不为物用,无益于今,有败于俗。昔太公诛华士,孔子戮少正卯,以其负才乱群惑众也。今不诛康,无以清洁王道。

嵇康在众口一词(街巷无异口之议)中偏要讲自己的话,在齐颂皇道开明时偏不服从领导(不臣天子,不事王侯),其走向华士、少正卯的结局乃是必然,也在自己意料之中。这才是他临刑不惧的根本原因。但不怕死并不等于不留恋生,一曲《广陵散》,是何等从容,又何等慷慨。要弹完一曲《广陵散》再赴死,说明他对音乐也就是生活是热爱的,杀害他的司马昭也因此更加为后人所痛恨了。

广陵散

刘义庆

[学其短]

嵇中散临刑东市,神气不变,索琴弹之,奏广陵散。曲终曰:袁孝尼尝请学此散,吾靳固不与,广陵散于今绝矣。太学生三千人上书,请以为师,不许。文王亦寻悔焉。

◎ 本文录自刘义庆《世说新语·雅量》。
◎ 嵇中散,即嵇康,中散大夫是他曾任的官职。
◎ 广陵散,琴曲。
◎ 袁孝尼,名准,西晋陈郡扶乐(今河南太康)人。
◎ 文王,此指晋王司马昭,其子炎称帝后谥之曰"文"。

生 死 弟 兄

[念楼读]

　　王子猷、子敬两兄弟都病重了。子敬先死，家人并没有将噩耗告诉病中的子猷。

　　两兄弟的感情一直极好，病中仍不断派人互通音讯。人一死，音讯就断了。子猷觉得不对，便向身边的人说：

　　"为什么子敬没来消息？人一定不行了。"这时的他，反而特别冷静，并不显得悲伤，只叫备轿，抬着他往弟弟家奔丧。

　　子敬生前爱弹琴。子猷到了灵堂，也不哭，坐下后便要人将子敬的琴取来，想弹弟弟常弹的曲子，琴弦却总是调不好。这才将琴往地下一丢，哀号道：

　　"子敬呀子敬！你怎么就死去了，这张琴也没人能弹了啊！"接着便放声大哭，一直哭到昏了过去。

　　一个多月后，子猷也去世了。

[念楼曰]

　　兄弟若只是血缘关系，亲当然亲，却断不会到如此生死相依的程度。《世说新语》记子猷事十九条、子敬事二十九条，可以看出两兄弟的性情气质，都堪称六朝人物的典型。其相投相许，有这样一个基础，故能超出寻常的弟兄。

　　父子、兄弟、夫妇，只有兼而为好朋友的，感情才能真笃，不然再好亦只是互尽义务罢了。

人琴俱亡

刘义庆

王子猷子敬俱病笃,而子敬先亡.子猷问左右何以都不闻消息.此已丧矣.语时了不悲.便索舆来奔丧,都不哭.子敬素好琴,便径入坐灵床上,取子敬琴弹.弦既不调,掷地云子敬子敬人琴俱亡.因恸绝良久.月余亦卒.

[学其短]

◎ 本文录自刘义庆《世说新语·伤逝》。
◎ 王子猷、子敬,都是王羲之的儿子,子猷(徽之)为兄,子敬(献之)为弟。

妈妈的见识

[念楼读]

赵夫人嫁女,女儿出门时,叮嘱她道:"到了婆家,切记不要只想做好事啊。"

"不做好事,难道去做不好的事吗?"女儿问。

"好事还不必急于做,何况不好的事呢。"赵夫人说。

[念楼曰]

赵母为三国时吴人,学问很好,著有《列女传解》,作赋数十万言。她这段话很有名,历来多有诠释,我觉得余嘉锡先生说得最好:

> 盖古之教女者之意,特不愿其遇事表暴,斤斤于为善之名,以招人之妒嫉,而非禁之使不为善也。

本来长沙人说的"能干婆"是十分讨厌的,若不是真能干还喜欢"遇事表暴"争出风头则更加讨厌了,自己也会费力不讨好。赵母之女想不至于此,但看她反问妈妈的话,大概也聪明不到哪里去。知女莫若母,所以才给她打预防针。

做好事当然是对的。但如果不顾条件,不具实力,为了出成绩而急于去做,则好事亦会办成坏事,即使是出于好心;若是为了讨好,"先意承志"得太过头,就更不好了。一家一室的小事固如此,天下国家的大事又何尝不如此。赵母有此见识,何止教女修身齐家,即治国平天下也足够了。

赵母嫁女

刘义庆

赵母嫁女,女临去敕之曰:慎勿为好。女曰:不为好,可为恶邪?母曰:好尚不可为,其况恶乎。

[学其短]

◎ 本文录自刘义庆《世说新语·贤媛》。
◎ 赵母,又称赵姬,三国吴颍川(今属河南)人,东郡虞韪妻,赤乌六年(243年)卒。

一罐鲊鱼

[念楼读]

陶侃为东晋名臣,很受尊重。他年轻的时候,却做过管理捕鱼设施的员工。有一次,他托人带了罐鲊鱼给母亲。母亲却将这罐鱼加封退回,在回信中责备他道:

"你在替公家做事,拿了公家的东西送回家来;这不会使我高兴,只会让我为你担心着急。"

[念楼曰]

百年前开始兴女学的时候,流行过一句话:健全的国民,有赖于健全的母教。这句话恐怕到什么时候都是对的。

陈垣先生在题《林屋山民送米图卷子》时引《旧唐书·崔昈传》中辛玄驭之言,谓:

> 儿子从宦者,有人来云贫乏不能自存,此是好消息;若闻赀货充足,衣马轻肥,此是恶消息。

一罐腌鱼远未到"赀货充足,衣马轻肥"的程度;陶母却也从中闻到了"坏消息"的气味,加封退回,写信训斥。陶侃之所以能成为晋室名臣、修身模范,看来的确与高堂的教育有关。

如今年纪轻轻当官的不少,老太太应该都还健在。但不知道愿意听"好消息"的有几多,不愿意听"恶消息"的又有几多。想做这项社会调查,只怕很难。

陶母封鲊

刘义庆

陶公少时作鱼梁吏,尝以坩鲊饷母。母封鲊付使,反书责侃曰:汝为吏,以官物见饷,非唯不益,乃增吾忧也。

[学其短]

- 本文录自刘义庆《世说新语·贤媛》。
- 陶公,即陶侃,东晋寻阳(今九江)人。
- 反,通"返"。

林下风气

[念楼读]

王羲之的太太郗夫人回娘家，对两个弟弟郗愔和郗昙说：

"我见谢安、谢万来王家做客，你们姐夫总是兴高采烈，叫家人翻橱倒柜，把好东西全拿出来招待。你俩来时，他却是平平淡淡的，应付而已。依我看，你们以后也就不必多到王家走动了。"

[念楼曰]

王、谢、郗三家都是高门，又都是亲戚。郗太傅向王丞相求女婿，王家说男孩子都在东厢房里，叫郗家的人自己去选。结果没看上"闻来觅婿，咸自矜持"的诸郎，却选中了"在床上坦腹卧，如不闻"的王羲之。王羲之同郗夫人所生的第二个儿子凝之，又娶了谢太傅的侄女谢道韫。若论亲戚，亲家不会比妻弟更亲。若论官位，谢家有太傅，郗家也有太傅；谢万是中郎（将），郗昙也是中郎（将）。王羲之不是"朝势走"的人（湖南俗谚云"狗朝屁走，人朝势走"），更不会从中分厚薄。其所以在二谢来时兴高采烈，二郗来时却平平淡淡，也只是气味相投不相投的缘故。六朝人物的可爱，就可爱在这一点上。

郗夫人对丈夫并无责怪之意，反而劝弟弟自己识趣，可谓和她的二儿媳妇一样"有林下风气"。

无烦复往

刘义庆

王右军郗夫人谓二弟司空中郎曰:王家见二谢倾筐倒庋.见汝辈来平平尔.汝可无烦复往.

[学其短]

◎ 本文录自刘义庆《世说新语·贤媛》。
◎ 王右军,即王羲之,曾为右军将军,晋代大书法家。
◎ 郗夫人,名璿,太傅郗鉴之女,嫁王羲之。
◎ 二弟司空、中郎,谓郗愔、郗昙。
◎ 二谢,指谢安、谢万兄弟。

乘 兴

[念楼读]

　　王子猷住山阴的时候,有个冬天的晚上忽下大雪。他睡一觉醒来,推开卧房的门,叫家人送酒来喝。忽见屋外雪色又白又明,兴致勃发,便不想睡了,在屋内走来走去,一面朗诵起左思的《招隐诗》来:

　　　　杖策招隐士,荒途横古今。岩穴无结构,丘中有鸣琴。
　　　　白雪停阴冈,丹葩曜阳林。……

又因"招隐"想起了隐居在剡溪的友人戴安道,立刻叫人备条小船,冒着大雪乘船前往。

　　小船摇到剡溪,天已大明。船一直摇到戴家的门口,这时子猷又不想进门了,叫船掉头,仍走原路回家。

　　后来有人问子猷为什么这样做,他说:"我是趁着当时的兴致上船的,兴致满足了,也就可以打转了,何必一定要见到什么人呢。"

[念楼曰]

　　王子猷这件事,《世说新语》归之于"任诞"门,略有贬义,其实也只是魏晋风度的一种表现。在大一统瓦解、礼法崩坏之际,读书人的思想解除了束缚,个性得以发扬,才有可能"乘兴"做一做想做的事情,说一说想说的话,不必太顾及别人会如何看,尤其是执政者会如何看。魏晋南北朝、五代十国和明之末世,便是文化历史上这样的时期,我以为其中有些人事颇有趣味,亦可发深思。

雪夜访戴

刘义庆

王子猷居山阴，夜大雪，眠觉，开室命酌酒，四望皎然，因起彷徨，咏左思招隐诗。忽忆戴安道，时戴在剡，即便夜乘小船就之。经宿方至，造门不前而返。人问其故，王曰：吾本乘兴而来，兴尽而返，何必见戴。

[学其短]

- 本文录自刘义庆《世说新语·任诞》。
- 山阴，今绍兴。
- 左思，晋代诗人，其《招隐诗二首》见《文选》卷二二。
- 戴安道，名逵，东晋隐士。
- 剡，剡溪，为曹娥江上游的一支，附近曾置剡县，故址在今嵊州市西南。

酒 给 谁 喝

[念楼读]

王戎年轻时很受阮籍赏识,有一次他去看阮籍,恰逢刘公荣也在座。阮籍见到王戎,十分高兴,忙叫家人设酒,说:

"这里有两瓶好酒,正好你我同饮,这位公荣老兄就没有份儿了。"于是二人开怀畅饮。刘公荣坐在一旁,连酒杯也没碰到。而谈笑戏谑,三人却是同样开心。

刘公荣本是好喝酒的人,为什么要这样对待他?阮籍的理由是:

"比公荣高明的人,自然不得不请他喝酒;不如公荣的人,又不敢不让他喝酒;只有像公荣这样的人,才可以不给他酒喝啊。"

[念楼曰]

据说刘公荣与人饮酒,"杂秽非类",他又是仕宦中人,同阮籍游,也多少带有附庸风雅的意思(但也不会太多,不然便不敢不给他喝了)。而王戎后来名声虽然不好,那却是三十岁以后的事情,阮籍已经去世了;而他小时候本是个聪明子弟,阮籍对比自己小二十四岁的"阿戎"一直十分喜欢,才将他引到竹林下面去喝酒清谈。

刘公荣的官做到了刺史,等于省部级了。若在今时,阮籍名气再大,也最多当一个文史馆员。部长登门,岂非殊遇,坐首席敬头杯恐怕理所当然。

公荣无预

刘义庆

王戎弱冠诣阮籍,时刘公荣在坐,阮谓王曰:偶有二斗美酒,当与君共饮,彼公荣者无预焉。二人交觞酬酢,公荣遂不得一杯;而言语谈戏,三人无异。或有问之者,阮答曰:胜公荣者,不得不与饮酒;不如公荣者,不可不与饮酒;唯公荣可不与饮酒。

[学其短]

◎ 本文录自刘义庆《世说新语·简傲》。
◎ 王戎、阮籍都是"竹林七贤"中人。
◎ 刘公荣,名昶,三国魏豫州沛国(今安徽宿州)人。刘孝标注说他"为人通达,仕至兖州刺史"。

亲 爱 的

[念楼读]

王安丰的妻子,总是叫安丰"亲爱的",叫得安丰都不大好意思了,对她道:

"老婆叫老公,老是'亲爱的''亲爱的',也不分场合,这好像不大合习惯。以后你别这样叫了,好不好?"

"亲你,爱你,才叫你'亲爱的';我不叫你'亲爱的',该谁叫你'亲爱的'?"妻子答道。

安丰无话可说,以后只好由她。

[念楼曰]

读《世说新语》印象最深的两点,一是读书人的自由精神,可于阮籍猖狂、嵇康傲岸见之;二是女人能表现自我,没有后世那么多束缚,以及由束缚养成的作伪和作态。

表现当然不仅仅在"亲卿爱卿"上。这里可以再来说说谢道韫。她在"讲论文义"时的发挥,和后来参加辩论"为小郎(夫弟王献之)解围",遇孙恩之祸时"抽刃出门,手杀数人",以及众人都不以为然的公然对丈夫表示鄙薄(均见《晋书》),其实都一样,都是一种自信的表现,不是后来的女人们所能有的。

汉魏六朝虽是乱世,但只要不碰上司马昭和孙恩,文人还是相当自由的。男人自由了,女人也才能得自由,表现出自我来。只有敢"亲卿爱卿"的女人,才能得到平等的爱;也只有敢公开鄙薄男人的女人,才能得到男人的尊重。

王安丰妇

刘义庆

王安丰妇常卿安丰。安丰曰:妇人卿婿,于礼为不敬,后勿复尔。妇曰:亲卿爱卿,是以卿卿。我不卿卿,谁当卿卿?遂恒听之。

[学其短]

◎ 本文录自刘义庆《世说新语·惑溺》。
◎ 王安丰,即"竹林七贤"中的王戎。

急 性 子

[念楼读]

　　王述是有名的急性子。有回吃水煮的囫囵鸡蛋，他用筷子去夹，连夹递夹，老是夹不起，发起急来，竟将蛋往地下摔去。可是煮熟了的蛋摔下去并不开花，而是圆溜溜地在地上滚。他见了更是生气，起身追着蛋用脚去踩。

　　那时人们脚上穿的不是鞋，而是木屐，木屐底下是前后两排屐齿。鸡蛋又圆又滑，老是往屐齿的空当里滚，几次踩上去也踩它不烂。王述这时真急了，居然从地上捡起蛋，塞进嘴里，狠狠几口咬碎，然后再"呸"地一口将它吐掉，这才消了气。

　　王右军听说了这件事，笑着说："太没涵养了。就是他老子，这副德行也不会受人尊敬，何况他！"

[念楼曰]

　　写人物要写出个性，就要刻画其性格特征的细节。性急急到这个样子，真是够典型了。但王述毕竟是个率真的人，且负清简之誉，《世说新语》中还有这样一条：

　　　　谢无奕性粗强，以事不相得，自往数王蓝田，肆言极骂。王正色面壁不敢动，半日，谢去良久，转头问左右小吏曰："去未"，答云已去，然后复坐。时人叹其性急而能有所容。

看来他对人还是能克制的，那么在个人生活中性急一点，似乎也是可以原谅的吧。

王蓝田

刘义庆

王蓝田性急,尝食鸡子,以箸刺之,不得,便大怒,举以掷地。鸡子于地圆转未止,仍下地以屐齿碾之,又不得,瞋甚,复于地取内口中,啮破即吐之。王右军闻而大笑曰:使安期有此性,犹当无一豪可论,况蓝田邪。

[学其短]

◎ 本文录自刘义庆《世说新语·忿狷》。
◎ 王蓝田,名述,东晋晋阳(今太原)人,袭爵为蓝田侯。
◎ 王右军,即王羲之。
◎ 安期,姓王名承,王蓝田之父,东晋名臣。
◎ 内,即"纳"。
◎ 豪,通"毫"。

老学庵笔记十篇

一副八百枚

[念楼读]

　　政和年间，京城里准备在岁末举行盛大的迎神驱鬼活动，下令桂州供应扮演鬼神所用的木雕面具。送来的公文上写着"面具一副"，收公文的人觉得一副怎么够用，太少了。

　　谁知一看实物，这一副竟有八百个之多。诸神众鬼，各色人物，居然无一相同。大家不禁大为惊奇。

　　桂州面具至今天下第一，那里许多做面具的都发了财。

[念楼曰]

　　《论语》云："乡人傩，朝服而立于阼阶。"可见乡人行傩，连孔夫子都是要穿戴整齐，站在阶基上观看的。如今西南有些乡村中还有傩戏，演出时所戴木雕面具，刷上五颜六色，大都狰狞恐怖，不然瘟神疫鬼怎么会害怕，能够被驱赶走呢？

　　古人迷信，认为疫病是恶鬼害人。人不是鬼的对手，于是只有请比鬼还恶的"方相氏"等各方神怪来帮忙。慢慢便觉得请神容易送神难，还不如自己装神弄鬼，戴上面具，击鼓鸣锣，又能娱乐，原始的戏剧便由此诞生了。

　　我觉得"乡人"也就是老百姓还是很有办法的。他们对付不了鬼，便请神怪来保平安。雕些木脑壳，八百个一套，由州府送中央，合礼合法。于是天下太平，该发财的也发了财。

大傩面具

陆游

政和中大傩下桂府进面具比进到。称一副初讶其少乃是以八百枚为一副老少妍陋无一相似者乃大惊至今桂府作此者皆致富天下及外夷皆不能及。

[学其短]

- 本文录自陆游《老学庵笔记》卷第一,原无题,下同。
- 陆游,字务观,号放翁,南宋山阴(今绍兴)人。
- 政和,宋徽宗年号。
- 桂府,即桂林府,原名桂州,南宋时升为静江府。

不为人知

[念楼读]

晏敦复是名宰相、大词人晏殊的后人,家学渊源。他文名大,官也大,慕名来求文的极多。朱希真(敦儒)与其同朝为官,是著名词人。

有一次晏尚书答应别人的请求,为一位去世的官员作了篇墓志,便将文稿带去给朱希真看。

"您的文章写得好极了。"朱希真说,"只是有处地方可能加四个字更好。"

晏尚书问他哪处要加字,他却迟疑半天,再三追问,才指着"著作颇多"这一句下面道:

"这里。"

"要加上哪四个字呢?"

"'不为人知'四个字啊。"

晏尚书想了想,觉得也对,于是提笔添了一句"尚存家中",笑着对朱希真道:"这可是照你的意见加上去的啊。"

[念楼曰]

在范进、匡超人时代,用心读书,阅历之后,急于要办的有三件事:改个号,讨个小,刻部稿。如今时代进步了,改号已不时兴,那就改学历、改年龄;讨小也不必讨到屋里去,另外安排房子就是;只有刻部稿这件事,秘书代笔,单位拨款,出版社印行,下级包销都好办,怕就只怕"不为人知"。

墓志增字

陆 游

晏尚书景初作一士大夫墓志以示朱希真希真曰甚妙但似欠四字然不敢以告景初苦问之希真指有文集十卷字下曰此处欠又问欠何字曰当增不行于世四字景初遂增藏于家三字实用希真意也

[学其短]

◎ 本文录自陆游《老学庵笔记》卷第一，原无题。
◎ 晏景初，名敦复，宋临川（今属江西）人。
◎ 朱希真，名敦儒，南宋洛阳人。

刺 秦 桧

[念楼读]

秦桧主持和议，杀了岳飞，不满他这样做的人很多。

每日上朝，秦桧坐的轿子总要经过望仙桥。有一次，轿子正在桥上，一名军人突然从桥下冲到轿前，挥刀猛砍。可惜一下砍偏了，只砍断一根轿柱，没有砍到秦桧。

经查明，此人原是殿前司的小校施全，随即审判斩决了。斩时众人围观，有人大骂道：

"不中用的东西，不杀掉留着有什么用！"

众人都会心地笑了。从此秦桧出门，每次都有五十名亲兵卫护。

[念楼曰]

施全当然是条血性汉子。《宋史·忠义列传》多达十卷，表彰了二百八十一个人，不知为何遗漏了他。以现役军人行刺当朝宰相，成与不成都得死，其慷慨赴死完全出于公愤，确实可称忠义。

《史记·刺客列传》文章虽好，但所传之人中，曹沫在外交场合"执匕首劫齐桓公"，只能算乱来；专诸刺王僚、聂政刺侠累，均属买凶杀人；豫让"为知己者死"，全出个人意气；荆轲本人亦无意反秦，不过是太子丹用"恣其所欲"手段请来的杀手。论品格，这些人全不如施全。

但笑骂"不了事汉"，我却是极其不以为然的。秦太师的轿子天天从桥上过，要充"了事汉"，你何不自己冲上去砍呢？

不了事汉

陆游

秦会之当国,有殿前司军人施全者,伺其入朝,持斩马刀邀于望仙桥下斫之,断轿子一柱而不能伤,诛死其后。秦每出辄以亲兵五十人持梃卫之。初斩全于市,观者甚众,中有一人朗言曰:此不了事汉,不斩何为?闻者皆笑。

[学其短]

◎ 本文录自陆游《老学庵笔记》卷第二,原无题。
◎ 秦会之,名桧,南宋江宁(今南京)人,高宗时为丞相十九年。
◎ 殿前司,即殿前都指挥使司,宋代统管禁军的官署。
◎ 施全,南宋钱塘(今杭州)人,为殿前司小校。

炒 栗 子

[念楼读]

汴京李和家炒栗子过去大大有名，别家想尽了法子也比不上。后来金兵攻入汴京，强迫商民北上，李和家亦在其中。南宋迁都临安后，人们就吃不到李和家的炒栗子了。

绍兴年间，陈、钱两位大臣出使金国。到燕京时，忽有两人来见，给两位使臣各送上十包炒栗子。所有随员，每人也都得到一包。来人没多说话，只留下一句：

"是李和家的呢！"便流着泪转身走了。

[念楼曰]

炒栗子很好吃，又受季节限制，所以儿时记忆里总少不了它。放翁笔记这一则也写得特别动情，前人多有提及。赵翼《陔馀丛考》说北京炒栗最佳，即引李和儿之言为证：

> 盖金破汴后，流转于燕，仍以炒栗世其业耳，然则今京师炒栗是其遗法耶。

周作人《药味集》中亦有《炒栗子》一文，云：

> 糖炒栗子法在中国殆已普遍，李和家想必特别佳妙……三年前的冬天偶食炒栗，记起放翁来，陆续写二绝句，致其怀念，时已近岁除矣，其词云：
>
> 燕山柳色太凄迷，话到家园一泪垂。
> 长向行人供炒栗，伤心最是李和儿。（其一）
> 家祭年年总是虚，乃翁心愿竟何如。
> 故园未毁不归去，怕出偏门过鲁墟。（其二）

文、诗均有情致，亦可读也。

李和儿

陆游

故都李和炒栗名闻四方，他人百计效之，终不可及。绍兴中陈福公及钱上阁出使虏廷，至燕山，忽有两人持炒栗各十裹来献，三节人亦人得一裹，自赞曰李和儿也，挥涕而去。

[学其短]

◎ 本文录自陆游《老学庵笔记》卷第二，原无题。
◎ 绍兴，南宋高宗年号。
◎ 陈福公，名康伯，字长卿，南宋信州弋阳(今属江西上饶)人。
◎ 钱上阁，名楷，以"知阁门事"名义任副使。
◎ 三节人，使臣随员，分上中下三节，各若干人。

蔑视痛苦

[念楼读]

　　诗人黄庭坚因文字得罪，屡遭贬斥，最后被除名羁管，到了宜州。

　　宜州是个偏僻地方，没有招待所，也没有民房可租，唯有住庙；又碰上庙里正在为皇上祝寿，不能接客，只好住在南门城墙上的小城楼里。那楼又矮又窄，时逢三伏，热得简直像蒸笼。

　　有一天，忽然下了雨，炎威稍杀。诗人喝了点酒，坐着矮凉床，一面把双脚从城楼的栏杆中伸出去让雨淋，一面喊着范寥道：

　　"信中呀，这真是我一生中最快活的时候啦！"

　　范寥说，没多久，诗人便死在这城楼上了。

[念楼曰]

　　有人说，中国的文人全靠有阿Q精神，才能勉勉强强活下来。写"江湖夜雨十年灯"和"人生莫放酒杯干"的诗人，因为能够从蒸笼似的屋子里把脚伸到雨中凉快凉快，便说这是他一生中最快活的时候，岂不是阿Q精神吗？

　　我认为不是的，这反而是黄庭坚蔑视痛苦的表现。

　　他视文人的良心和创作的自由重过一切，不怕贬官谪放，在撰《神宗实录》时坚持自己的观点；不怕除名羁管，在《承天塔记》中揭露"天下财力屈竭之端"。这种不屈从权威，坚持说自己想说的话的大无畏精神，实在是文人的脊梁骨，阿Q云乎哉？

鲁直在宜州

陆游

范寥言鲁直至宜州,州无亭驿,又无民居可僦止一僧舍可寓,而适为崇宁万寿寺法所不许,乃居一城楼上,亦极湫隘。秋暑方炽,几不可过。一日忽小雨,鲁直饮薄醉,坐胡床,自栏楯间伸足出外以受雨,顾谓寥曰:信中,吾生平无此快也。未几而卒。

[学其短]

◎ 本篇录自陆游《老学庵笔记》卷第三,原无题。
◎ 范寥,字信中,往广西见黄庭坚,黄死,为其办后事。
◎ 鲁直,北宋大诗人黄庭坚(山谷)的别字。
◎ 宜州,今属广西河池。
◎ 止,通"只"。
◎ 崇宁,宋徽宗的年号。

名 字 偏 旁

[念楼读]

绍圣年间,贬逐元祐时期选用的人。苏轼字子瞻,被贬往儋州;苏辙字子由,被贬往雷州;刘挚字莘老,被贬往新州。地名和人名,都有一个字偏旁相同。

看得出来,这完全是有意安排的,实际上是元祐时被罢官这时又重新当上了丞相的章惇的主意。可见"复出"的当权派搞起政治报复来,是多么残忍,又是多么轻薄。

[念楼曰]

宋神宗熙宁、元丰时以王安石为相推行新法,用的是章惇、吕惠卿这班人。神宗死后,宣仁皇太后于元祐时改以司马光为相,复行旧法,用的是苏轼、苏辙、刘挚这班人。一朝天子一朝臣,于是形成"党争",用"议论公正"者常安民的话来说:

> 元祐中进言者,以熙宁、元丰之政为非,而当时为是;今日进言者,以元祐之政为非,而熙宁、元丰为是。

这话是太后驾崩后说的,原来被斥逐的章惇已经"复相",轮到他来贬逐"异党"了。

苏轼等人的被贬,也不是一步到位的。以苏辙为例:他先是以"门下侍郎"(副总理)降为"知汝州"(市级),再徙知袁州,再降为"化州别驾,雷州安置"(在化州挂名副县职,实际上下放雷州)。苏轼最后是"责授琼州别驾,移送昌化军安置",昌化军即儋州。刘挚则"责授鼎州团练副使,新州安置"。

时相忍忮

陆 游

绍圣中贬元祐人．苏子瞻儋州．子由雷州．刘莘老新州皆戏取其字之偏旁也．时相之忍忮如此．

[学其短]

◎ 本文录自陆游《老学庵笔记》卷第四，原无题。
◎ 绍圣，宋哲宗后期年号。
◎ 元祐，宋哲宗前期年号。
◎ 儋州，今属海南。
◎ 雷州，今属广东。
◎ 新州，今广东新兴。

泥娃娃

[念楼读]

　　国难之前，天下太平，小孩子的玩具也多讲究。鄜州城里有家姓田的字号，做的泥娃娃有各种各样的姿势和表情，天下闻名。汴京城里的，也不如他家做得好。

　　一对这样的泥娃娃，通常能卖到十吊钱，一"床"（五至七个）则要卖到三十吊。娃娃小的只两三寸高，大的一尺左右，没有再大的。

　　我家那时也有一对卧着的泥娃娃，身上标记着"鄜時田玘制"。绍兴初年逃难到东阳山里住过一段时间，回来以后便找不着了。

[念楼曰]

　　雕塑人像的历史非常久远，演化出人形的玩具当然远在其后，但《太平广记》引《广异记》中有"帛新妇子"和"瓷新妇子"，即是绢扎和瓷塑的"美人儿"，可见唐代以前即有此种事物，实在可以称为现代"芭比娃娃"的老祖宗。

　　陆游所记的泥孩儿是从陕西销到浙江的商品。别的笔记里还记有"摩睺罗""游春黄胖"等名目，《红楼梦》里宝钗要薛蟠给带虎丘泥人，周作人也写过他儿时所见火漆做的老渔翁，白须赤背，要二十四文一个。这些都是玩具史的好资料。

　　玩具在儿童生活中实在有重要的意义。有的成人，在工作和食色之余，也还需要玩具，除了扑克和麻将牌。

鄜州田氏

陆游

承平时,鄜州田氏作泥孩儿名天下态度无穷,虽京师工效之莫能及。一对至直十缣,一床至三十千。一床者或五或七也。小者二三寸,大者尺余,无绝大者。予家旧藏一对卧者,有小字云鄜畤田玘制,绍兴初避地东阳山中归则亡之矣。

[学其短]

◎ 本文录自陆游《老学庵笔记》卷第五,原无题。
◎ 鄜州,今陕西富县。
◎ 直,通"值"。
◎ 鄜畤(fū zhì),即鄜州州城(今陕西富县)。

放 火 三 天

[念楼读]

　　田登忌讳别人直呼其名——登。他做了州官，在本州之内，只要听到有人叫"登"，不管说的是"灯"（燈）还是"蹬"，都犯了他的讳，要挨板子。他手下的人怕打，要说"灯"时，只好改口叫"火"。

　　到了元宵节，州里要放花灯与民同乐，得通知四乡居民都可以进城来看灯，那告示是这样写的：

　　"元宵佳节，本州照例放火三天。"

[念楼曰]

　　"只许州官放火，不准百姓点灯"，即起源于此。

　　我不知道这是讲笑话的人创作出来的笑话，被作者记录下来，还是"并非笑话"，在现实生活中确实发生过。但它有一个黑暗而沉重的背景，认真想想，就一点都不好笑，也笑不起来了。

　　在"领导"集权、民众无权的年代里，总是有人享有特权，各种各样的特权。普通老百姓不能做的事情，他能做。普通老百姓得不到的东西，他能得。普通老百姓上大街得处处留神，别违犯了交通规则；他则汽车一长溜，还得"清道"，为了保证"安全"。普通老百姓必须遵法守纪，他则可以"和尚打伞，无法无天"，何止"只准州官放火，不准百姓点灯"。

田登忌讳

陆游

田登作郡,自讳其名,触者必怒,吏卒多被榜笞。于是举州皆谓灯为火。上元放灯,许人入州治游观,吏人遂书榜揭于市曰:本州依例放火三日。

[学其短]

◎ 本文录自陆游《老学庵笔记》卷第五,原无题。

地下黑社会

[念楼读]

　　汴京城里的下水道，又宽又高。不少逃犯躲藏在里面，说是住进了"安乐窝"；有的甚至把女人带进去淫乐，自称"地下夜总会"。从建国时起，直到金兵打来，情况一直如此。再能干的地方官，也没法将这些角落完全管死。

[念楼曰]

　　记得看过一部法国"古装片"，巴黎的下水道里，也是流浪者和小偷集结之处。想不到在"包龙图打坐在开封府"这里，也有同样的现象，而且花样更多，整个一地下黑社会。

　　我想，自从有了居民聚集的城市之时起，恐怕也就有了黑社会。太史公笔下的"夷门监者"侯嬴、"市井鼓刀屠者"朱亥、"藏于博徒"的毛公、"藏于卖浆家"的薛公、"大阴人"嫪毐、"以屠为事"的聂政、"藏活豪士以百数"的朱家、"铸钱掘冢不可胜数"的郭解、"年十三杀人"的秦舞阳、"狗屠及善击筑者"高渐离，包括"游于邯郸、燕市"的荆轲，都是进得"无忧洞"，上得"鬼樊楼"的人物。若要写中国城市史——中国黑社会史，绝对少不得这些人物。

　　如今媒体常宣传各地打击"涉黑势力"的成绩，"涉黑"的都这么多了，真的黑社会却似乎还未露面，是不是都躲到"无忧洞"里去了，正在"鬼樊楼"上作乐啊？

无忧洞

陆 游

京师沟渠极深广,亡命多匿其中,自名为无忧洞,甚者盗匿妇人,又谓之鬼樊楼。国初至兵兴常有之,虽才尹不能绝也。

[学其短]

◎ 本文录自陆游《老学庵笔记》卷第六,原无题。
◎ 京师,北宋京城在开封,时称"汴京",又称"东京"。
◎ 樊楼,当时开封最出名的酒楼,多妓乐。

口 头 语

[念楼读]

今日之后的第三日叫"外后日",大家都这么叫。我原以为是老百姓的口头语,后来见到《唐逸史·裴老传》,其中也有"外后日"这个词。裴老是唐朝大历年间的人,可见它成为书面语言,也已经有很长的历史了。

[念楼曰]

考察日常生活用语中词语的来源,寻出它最早出现在哪本书里,这是很有学术意义的事情,同时也能引起不懂学术的我这样普通人的兴趣。《唐逸史》我没读过也没见过,如果没有这本书,"外后日"这个我们口语中至今还在用着的词儿,最早便是出现在《老学庵笔记》里的了。

但是,按我们长沙人的口音,"外后日"的"外"要念作 ái,"外后日"要念成"挨后日",从来如此。

今日之后是明日,明日之后是后日,后日之后是"挨后日"。挨者,拖延也,迟后也。照我想,写成"挨后日"也是"通"的。

放翁本以为"外后日"是俗语,硬要在书上见到了它,才发觉它早就成为"雅言"(书面语)了。其实,书面语本来是由口头语形成的,将书面上找不到的一概称之为"俗",其实也不必吧,我以为。

外后日

陆游

今人谓后三日为外后日。意其俗语耳。偶读唐逸史裴老传。乃有此语。裴大历中人也。则此语亦久矣。

[学其短]

◎ 本文录自陆游《老学庵笔记》卷第十，原无题。

宋人小说类编十篇

之乎者也

[念楼读]

宋太祖要扩建东京城,亲自到朱雀门去踏看,准备做规划,特别指定赵普陪同。

那城门上原来题了四个大字:"朱雀之门"。太祖见了,便问赵普道:"明明是'朱雀门',为什么要加上一个'之'字呢?"

赵普回答道:"他们读书人说,这'之'字是个语助词。"

太祖听了,哈哈一笑,道:"'之乎者也'这一套,'助'得了什么事啊。"

[念楼曰]

"之乎者也,助得甚事",这句话充满了蔑视。赵匡胤"一条杆杖打遍天下七十四军州",是凭武力夺得天下的。他对于"没铲过滂田墈,没使过七斤半"的读书人,其蔑视十分自然,发自内心,"改也难"。

但他后来毕竟还是改了。在治理天下时,他慢慢认识到:"作宰相须是读书人",因为读书人在经济、政治尤其是文化方面,还是有本事的,而且本事可能比他自己还大。

于是他转而"重文",死后还留下了一块"戒碑",告诫嗣位子孙"不得杀士大夫及上书言事人",给自己留下了一个好名声。

朱雀之门

高文虎

太祖将展外城,幸朱雀门亲自规画。赵韩王普特从。上指门额询普曰:何不只书朱雀门,何须着之字。普对曰:语助。太祖笑曰:之乎者也,助得甚事。

[学其短]

◎ 本文见高文虎《蓼花洲闲录》,转录自《宋人小说类编》"卷一之二"地理类。
◎ 高文虎,字炳如,宋鄞(今宁波)人。
◎ 太祖,指宋太祖赵匡胤。
◎ 赵韩王普,宋太祖大臣赵普,死后被追封为"韩王"。

敢言的戏子

[念楼读]

韩侂胄自恃拥立宁宗有功,掌握了朝廷大权,到嘉泰末年封平原郡王以后,更是独断专行,作威作福,国事都由他说了算,丝毫不由大内(皇宫里面)做主。许多人对此不以为然,却敢怒而不敢言。

有一次宫中宴会演戏,演丑角的戏子王公瑾倒是讲出了一句谁也不敢讲的话:

"如今的事,就像伞贩子卖的伞,是不油(由)里面的啊。"

[念楼曰]

不记得是 1973 年还是 1974 年,反正是反帝反修、批林批孔搞得天昏地暗的时候,我和 Z 君正以现行反革命犯身份在劳改队服刑。其时社会上鸦雀无声,人们都敢怒不敢言,劳改犯人更不敢乱说乱动,"天天读"却雷打不动,天天照读。有一天读一篇关于"欧洲的社会主义明灯"的文章,大讲霍查的好话。Z 君被指定读报,读到口干舌燥时允许他起身喝口水,他站起来后,不经心似的吐出一句:

"我是不喜欢霍查的。"

全组为之愕然,Z 君却不慌不忙端起杯子继续说道:

"所以我只喝白开水。"

举国敢怒不敢言时,戏子利用插科打诨的机会敢言一两句,有时也可以收到和"不喜欢霍查(喝茶)"同样的效果。两千年前有优孟,八百年前有王公瑾,如今恐怕就只有 Z 君了。

不油里面

张仲文

嘉泰末年,平原公恃有扶日之功,凡事自作威福,政事皆不由内出,会内宴伶人王公瑾曰:今日正如客人卖伞,不油里面。

[学其短]

◎ 本文见张仲文《白獭髓》,转录自《宋人小说类编》卷三之四"隐语类"。

◎ 张仲文,未详。

◎ 嘉泰,宋宁宗年号。

◎ 平原公,韩侂胄拥立宁宗,被封为平原郡王。

不如狮子

[念楼读]

　　石副宰相从来生性滑稽。真宗皇帝天禧年间他在部里当员外郎时，有西域国家送来一头狮子，养在御花园里。他和同事们去参观，听说狮子每天供应羊肉十五斤，有的同事便发牢骚：

　　"一头野兽一天给这么多肉，我们是部里的郎官，一天所得却只有几斤肉，还不如它啊。"

　　石中立听到了，便高声说道："怎么能和它比呢，它是园中狮子，我们却是园外狼（员外郎）啊！"

[念楼曰]

　　这也是一个利用谐音开玩笑的故事。将"郎"比"狼"，顶多使人一笑；"园外"和"苑中"相比，使人想起了距离"天颜"远近的差别，感慨就深了一层。

　　员外郎从字面上看，好像是编制定"员"之"外"的"郎"官，隋初始置时本来如此。但他也是中央国家机关里办实事、掌实权的，作用并不小，实际地位也不算低，一开头便是从六品，到宋朝则已是正六品。石中立天禧中为员外郎，还是"帖职"，到仁宗景祐时不过十多年，即官至"参知政事"（副宰相），正二品了。

　　清朝六部中，尚书从一品，侍郎正二品，是为堂官，现称部级；其下则郎中正五品，员外郎从五品，是为司官，等于司局级。五品年俸八十两，京官加恩俸八十两，每天不到四钱银子，用来买羊肉的只怕还没有石中立那时多。

员外郎

张师正

石参政中立性滑稽。天禧中为员外郎帖职时。西域献狮子。畜于御苑日给羊肉十五斤。尝率同列往观或叹曰彼兽也给肉乃尔。吾辈忝预郎曹日不过数斤人翻不及兽乎。石曰。君何不知分耶。彼乃苑中狮子。吾曹员外郎耳。安可比耶。

[学其短]

◎ 本文见张师正《倦游杂录》，转录自《宋人小说类编》卷三之五"笑谈类"。

◎ 张师正，字不疑，宋归安（今浙江吴兴）人。

◎ 石中立，洛阳人，宋仁宗景祐中拜参知政事。

◎ 天禧，宋真宗后期年号。

拍 马 屁

[念楼读]

　　最会拍马屁的，要算神宗皇帝时被我父亲推荐去做番禺太守的那个人了。

　　后来王安石做了宰相，那个人知道王安石会写文章，给不少人家作过墓志铭，就找了王安石，对他说：

　　"我现在最大的恨事，就是贱体太顽健，不像是很快就会病死的样子。真希望我能得急病早点死去，那么便能求相爷您给我写一篇墓志铭，贱名便可以沾您的光，永垂不朽了。"

[念楼曰]

　　写文章的人，恭维他的文章写得好，就跟恭维女人说她长得漂亮一样，总是不会碰钉子的。

　　但是说，为了得到他一篇文章，便宁愿自己早点死，深恨"微躯日益安健"，脑不出血，心不绞痛，检查也没发现癌症，这就非情非理，马屁拍得太离谱了。

　　王安石是著名的拗相公，送他金钱美女、汽车洋房，他未见得会要。这样来投其所好，他会不会着了道儿，将其引为知己，委以重任呢？张师正没说，我们自然不知道。但我想，他自家老父亲肯定是被此人灌过迷魂汤而且灌晕了的，不然怎么会将其"荐守番禺"。番禺是一处多好的地方，到那里当一把手，还不是顶肥顶肥的肥缺吗？

愿早就木

张师正

有善谀者熙宁中曾以先光禄卿荐守番禺。尝启王介甫丞相曰：某所恨微躯日益安健，惟愿早就木，冀得丞相一埋铭，庶几名附雄文不磨灭于后世。

[学其短]

◎ 本文见张师正《倦游杂录》，转录自《宋人小说类编》卷三之五"笑谈类"。

◎ 熙宁，宋神宗前期年号。

◎ 先光禄卿，作者的父亲，熙宁中官至光禄寺卿。

◎ 王介甫，即王安石。

县太爷写字

[念楼读]

苏东坡当钱塘县令时,有人来告状,说扇子店里欠了他二十吊钱不还。派人将店主带来一问,回答道:

"不是不肯还账,而是因为久雨不晴,天气又冷,扇子没人买,所以无钱可还。"

苏东坡便叫他拿二十把扇子来,用判案的笔墨,在每把扇子上随意写几行字,或者画几笔枯木竹石,叫他拿出去卖。

那店主一出县衙,市民立刻将二十把扇子抢着买完了,一吊钱一把,于是他立刻还清了账。

[念楼曰]

这故事和王羲之"躲婆巷"的故事一样,未必是真实的,却符合人们心理上的预期,"为钱塘县"的苏东坡就可能是这个样子,也只有他能这个样子。

县令"七品官耳",但当作"百里侯"来做,也可以大作威福。试问如今有哪个县太爷会管老百姓二十吊钱的小事,就是"作亲民状"管一管,也绝不会更没本事用自己的字画帮人还账。

如今的某些官员也有"会写字"的,他们给名胜景点、纪念碑堂、学校企业的题词题字,比起从前最喜欢题字的乾隆皇帝来多出何止百倍。卖得上价的也大大的有,江西省原副省长胡长清一幅字便价值几十万,可惜这只能是他在任的时候。

东坡书扇

陈宾

东坡为钱塘县时,民有诉扇肆负钱二万者,逮至则曰天久雨且寒,扇莫售,非不偿也。公令以扇二十来,就判事笔随意作行草及枯木竹石以付之,才出门,人竞以千钱取一扇,所持立尽,遂悉偿所负。

[学其短]

◎ 本文见陈宾《桃源手听》,转录自《宋人小说类编》卷四之一"服饰类"。
◎ 陈宾,未详。
◎ 钱塘县,即今杭州。

皇帝的风格

[念楼读]

西湖北山"九里松"牌匾上的字,本是吴说题写的。高宗皇帝去天竺路过时见到了,不禁技痒,于是自己动笔,另外写了,将吴说的字换下。

不久以后,吴说被派去信州任职,向高宗辞行。高宗问他:"'九里松'是你写的吗?"吴答"是的"。高宗说:"我写了三次,看来看去,还是不如你写得好。"吴说再三表示不敢,然后告退。

吴说走后,皇上仍叫换上吴说的题字,找了许多地方,最后总算从天竺的库房里找得,便重新挂上了。

如今挂在那里的,还是吴说所题的"九里松"。

[念楼曰]

宋高宗因为批准秦桧杀岳飞,历来名声不好。其实他的书法倒很出色,后世谓其"专意羲献父子,直与之齐驱并辔",评价十分之高。既为书家,见到好字,想写出来比一比,应该也是常情。比了又比,觉得自己"终不如卿",便放下皇帝的架子,将"御笔"撤下,"再揭原牌",有此风格,作为书家已属难得,作为皇帝就更难得了。

前面说过清乾隆特喜欢题字,他的字其实远不如宋高宗。马宗霍说他"每至一处,必作诗纪胜,御书刻石;其书千字一律,略无变化"。字并不怎么样,却硬要包着写,风格真不足为道。至于书法和风格还远不如乾隆的皇帝或准皇帝,则更不足道矣。

九里松牌

陈晦

北山九里松牌吴说书。高宗诣天竺，遂亲御宸翰撤去吴书。吴未几出守信州陛辞。高宗因与语云，九里松乃卿书乎。吴唯唯复云，朕尝作此三次观之终不如卿。吴益逊谢暨朝退，即令再揭原牌。遍索之乃得之天竺库院，复令植道旁。今所榜是也。

[学其短]

◎ 本文见陈晦《行都纪事》，转录自《宋人小说类编》卷四之五"花木类"。
◎ 陈晦，字自明，湖州长兴（今属浙江）人。
◎ 天竺，山名，在今杭州西湖之西。
◎ 吴说，宋代书法家。
◎ 信州，今江西上饶。

独 乐 园

[念楼读]

独乐园是司马光在洛阳任职时修造的私人住宅,小有园林,因为他写了文章,苏轼又写了诗介绍,所以小有名气。他调离洛阳后,仍常有人去那里游览。

后来司马光有一次再去独乐园,见园内新建了一处侧屋。便问守园人建屋的钱是从哪里弄来的。答说有人来游观,是向他们收得的钱。

"收得的钱你自己为什么不用?"

"钱是给园里的,不是给我的;也只有相爷您才不要钱,没来把钱拿走啊!"守园人答道。

[念楼曰]

孟子劝梁惠王"与民偕乐",司马光偏要独乐,在《独乐园记》中答复质疑他不能学"君子所乐必与人共之"的人道:

叟愚,何得比君子?自乐恐不足,安能及人?况叟之所乐者,薄陋鄙野,皆世之所弃也,虽推以与人,人且不取,岂得强之乎?必也有人肯同此乐,则再拜而献之,安敢专之哉!

看了俞文豹这则小文,觉得司马光虽然命名独乐,其实倒是做到了和"肯同此乐"的人同乐的。他自己造了园,任人来观赏,观赏的人自愿给守园者一点钱,守园者用来造了间侧屋,他还不知道,知道了还问守园人为什么自己不把这些钱用掉,真可谓"不要钱"的相公了。

这守园人也真安分守己。"相公不要钱",他也不要。

只相公不要钱

俞文豹

温公一日过独乐园,见创一侧室,问守园者何从得钱。对曰:积游赏者所得。公曰:何不留以自用?对曰:只相公不要钱。

[学其短]

◎ 本文见俞文豹《清夜录》,转录自《宋人小说类编》卷四之八"杂记类"。
◎ 俞文豹,字文蔚,宋括苍(今属浙江)人。
◎ 温公,司马光卒后追封为温国公。

朝　云

[念楼读]

　　朝云是苏东坡最喜欢的侍女。

　　苏东坡有天下班回家，饭后一面扪着肚皮慢慢地散步，一面问侍女们道："你们说，我这肚子里头都是些什么东西？"

　　"都是文章啊。"一个侍女抢着答道。

　　东坡摇摇头。

　　"都是见识。"又一个说。

　　东坡又摇摇头。

　　最后轮到朝云了，她说道："我看呐，一肚子都是牢骚，不合时宜的东西。"

　　东坡听了，哈哈大笑。

[念楼曰]

　　古代读书做官的人家都有丫鬟侍女，苏东坡自然也不例外。但主仆地位虽然悬殊，人性却无两样。"食罢扪腹徐行"时问问侍儿，无非寻寻开心，助助消化，难道还想得到认真的答案吗？

　　妾妇之道，本在逢迎主人，使其悦乐。但也得看主人和妾妇两方面的素质，若是那种喜欢对客掏出小镜子照着梳头的主，则用不着恭维他满腹都是文章见识，只要对他说永远是年轻，就足够使他笑得合不拢嘴了。至于东坡，自然只有朝云才能引得他捧腹大笑，以至流传出来成为佳话。费衮写了它，我们今天还要写。

一肚皮不合时宜

费衮

东坡一日退朝，食罢扪腹徐行，顾谓侍儿曰：汝辈且道是中有何物。一婢遂曰：都是文章。坡不以为然。又一人曰：满腹皆是识见。坡亦未以为当。至朝云乃曰：学士一肚皮不合时宜。东坡捧腹大笑。

[学其短]

◎ 本文见费衮《梁溪漫志》，转录自《宋人小说类编》卷四之八"杂记类"。
◎ 费衮，字补之，宋无锡（今属江苏）人。
◎ 朝云，苏东坡的侍女。

黑暗时代

[念楼读]

　　神宗皇帝问王安石："你读过欧阳修编纂的《五代史》吗？"

　　王安石回答道："臣没有仔细读过。草草翻阅，只见他每篇结语都用'呜呼'开头；难道说，对于当时的每件事每个人，都只能够摇头叹气吗？"

　　我说，从这句话来看，王安石一定是真的没有仔细读过《五代史》；如果仔细读过，他就不会觉得用'呜呼'开头有什么不对了。残唐五代时，还有什么事情能够使人不摇头叹气的呢？

[念楼曰]

　　署名"欧阳修撰"的五代史，现称《新五代史》，以别于署名"薛居正等撰"的《旧五代史》。欧氏结语每篇纪、传的结语"首必曰呜呼"本是事实。如《梁太祖本纪》结语首云：

　　　　呜呼！天下之恶梁久矣！

《（后）唐明宗本纪》结语首云：

　　　　呜呼！自古治世少而乱世多……况于五代耶。

　　历史上有所谓"黑暗时代"（Dark Ages），原是指欧洲公元500年至1000年之间，这时战争不断，没有自由的生活、自由的思想、自由的城市和自由的人。其实如咱们的残唐五代、秦始皇时代，外国的尼禄时代、希特勒时代……这类人人挨整、人人受苦的时代，也是公认的黑暗时代，也是"事事可叹"的。

必曰呜呼

孙宗鉴

神考问荆公云:卿曾看欧阳公五代史否.公对曰臣不曾仔细看.但见每篇首必曰呜呼则事事皆可叹也.余谓公真不曾仔细看也.若使曾仔细看必以呜呼为是.五代之事岂非事事可叹者乎.

[学其短]

◎ 本文见孙宗鉴《东皋杂录》,转录自《宋人小说类编》卷四之八"杂记类"。
◎ 孙宗鉴,字少魏,开封尉氏(今属河南)人。
◎ 神考,对死去的神宗皇帝的尊称。
◎ 欧阳公,对欧阳修的敬称。

傍人门户

[念楼读]

东坡居士给道潜和尚写过这样一些话：

"有户人家，门板上贴着门神，门楣上挂着艾人，门槛下钉着桃符，都是用来辟邪的。

"忽然那桃符抬起头来，骂艾人道：'你是什么东西，一把草叶子，居然爬到我的头上来！'艾人低头看桃符一眼，也骂道：'半截身子都埋到土里去了，还敢同我争高下！'互相吵得不可开交。

"门神实在看不下去了，半劝半骂道：'你们以为自己是谁？不过是几个给人家看门的，还有工夫在这里争闲气吗？'

"请大师看看，收尾这一句，是不是有点意思。"

[念楼曰]

我辈凡人，不通禅理，但对于桃符和艾人之间的争高下，也觉得没有多大意思。本来挂高挂矮，钉上钉下，全凭主人随意，争有何益。

倒是写文章的人，不妨多想想门神的话，因为自己和看门人的处境其实也差不多，反正得"傍人门户"，按老板的意思说话，无从发表独立的思想和见解。就是我们这些人，对于文人学者之间的高下之争，亦不必太加注意。谁拿不拿大奖，谁称不称大师，又有多大区别，又有多少价值呢！

争闲气

苏轼

东坡示参寥曰：桃符仰视艾人而骂曰．汝何等草芥，辄居我上？艾人俯而应曰．汝已半截入土，犹争高下乎？桃符怒，复纷纷不已，门神解之曰：吾辈不肖，傍人门户，何暇争闲气耶？请妙总大士看此一转语．

[学其短]

◎ 本文见苏轼《调谑篇》，转录自《宋人小说类编》卷四之八"杂记类"。
◎ 苏轼，号东坡，北宋眉山（今属四川）人。
◎ 参寥，即僧道潜，后赐号"妙总大师"，与苏轼结交于杭州。

南村辍耕录五篇

棒打不散

[念楼读]

　　元朝由蒙古入主华夏，世祖改燕京为中都时，已历太祖（铁木真）、太宗（窝阔台）、昭慈皇后（乃马真）、定宗（贵由）、宪宗（蒙哥）五朝，还没有营造宫殿，制定礼仪。

　　每逢庆典，大小臣工拥挤在大帐外面，争先恐后要进去磕头。蒙古的执法官十分讨厌，举棒痛打，可是官儿们却打都打不散。王磐奏请快立规矩，免得外国耻笑，皇上当即同意。

[念楼曰]

　　元朝留下的笔记不多，陶宗仪《南村辍耕录》记述忽必烈进北京做了皇帝，依旧按蒙古习惯在帐篷里上朝，新老官员抢着磕头，棒打不散，确实是很有趣的掌故。

　　更为有趣的，则是"王文忠公磐虑将贻笑外国"的外国，并非黄发碧眼，而是刚刚被蒙古大军赶到江南去的南宋王朝，刘克庄正在那里填《贺新郎》词，问"谁梦中原块土"哩。

　　王磐本人也是出生在金国的汉族读书人，因为举报李璮叛元投宋（在南宋要算是反正吧）有功，才被召为翰林学士的。

　　古时无所谓"爱国"，读书人只知道"忠君"，谁坐在金銮殿上就向谁磕头，重视利禄的更是争着去磕，棒打不散。王磐奏请立磕头的规矩有功，于是他死后便成为元朝的"王文忠公"。

　　谥法也是传统"礼制"的内容之一，却很快便被蒙古人"拿来"用上，亦足以说明汉文化的同化力强，能够"与时俱进"。

朝仪

陶宗仪

大元受天命，肇造区夏，列圣相承，至于世皇。至元初，尚未遑兴建宫阙，凡遇称贺，则臣庶皆集帐前，无有尊卑贵贱之辨。执法官厌其喧杂，挥杖击逐之，去而复来者数次。翰林承旨王文忠公磐时兼太常卿，虑将贻笑外国，奏请立朝仪，遂如其言。

[学其短]

◎ 本文录自陶宗仪《南村辍耕录》卷一。
◎ 陶宗仪，字九成，元末明初黄岩（今属浙江）人。
◎ 世皇，元世祖忽必烈，公元1260年至1294年在位。
◎ 至元，元世祖后期年号。
◎ 王磐，字文炳，永平（今河北顺平县）人，金进士。

学者从政

[念楼读]

元朝初年,学者许衡被征召去做官,顺路看望了另一位学者刘因。

"一召便去,你是不是太快了一点?"刘因这样问许衡。

"如果不去,我的'道'怎么能够实现呢?"许衡这样回答。

没过几年,刘因也被征召去做了官,但没多久便辞职了;接着又来征聘他,他仍以病坚辞。

"你为什么一定要辞官不做呢?"有人这样问刘因。

"如果不辞,我的'道'不是太廉价了吗?"刘因这样回答。

[念楼曰]

许衡和刘因都强调一个"道"字,他俩一个出生于金卫绍王大安元年,一个出生在蒙古灭金以后,都没有做过宋朝的臣民。他们读书治学,走的仍然是历代儒生的路子,其"道"就是为了"得其君而事之",实现"修齐治平";至于这个君怎么样,他们是不能选择也无权选择的。

许衡深研程朱理学,"慨然以道为己任"。元世祖征聘他去当国子监祭酒(国立大学校长),后又拜中书左丞,成了国之重臣,"见帝多奏陈",算是"能行其道"的了。刘因也讲朱子之学,却更重视个人操行,安排的官职也小些,可能有点"吾道不行"的意思,于是急流勇退,走了"退则山林"这另一条路。

征聘

陶宗仪

中书左丞魏国文正公鲁斋许先生衡，中统元年应召赴都，日道谒文靖公静修刘先生，因谓曰：公一聘而起，毋乃太速乎？答曰：不如此则道不行。至元二十年征刘先生，至以为赞善大夫，未几辞去，又召为集贤学士，复以疾辞。或问之，乃曰：不如此则道不尊。

[学其短]

◎ 本文录自陶宗仪《南村辍耕录》卷二。
◎ 许衡，字仲平，号鲁斋，元河内（今河南沁阳）人。
◎ 中统，元世祖始用的年号。
◎ 至元，见第 71 页。
◎ 刘因，字梦吉，号静修，元容城（今属河北）人。

大国的体面

[念楼读]

　　元明善在仁宗朝擢参议中书省事,升翰林学士。正值朝廷派某蒙古大臣出使交趾,以元明善为副使。此时交趾国内政权不稳,国主想结交中朝大官,在使臣回国时以重金贿赠。那位蒙古大臣欣然接受了,元明善却坚不肯受。

　　"正使大人都收下了,您为何定要拒绝呢?"国主问道。

　　"他未加拒绝,是为了看重国主的情面,使你们小国安心;我必须拒绝,是为了保持自己的操守,维护大国的体面。"

　　听了元明善这番话,国主不禁肃然起敬。

[念楼曰]

　　元朝是蒙古人入主中原所建立的政权,其用人标准是一蒙古、二色目(中亚及西亚人)、三汉人(辽金遗民及北方汉人)、四南人(南方汉人)。元明善属于汉人,虽为翰林学士,也只能当副使,还得帮受贿的蒙古正使打圆场,以"全大国之体"。

　　当时的蒙古(元)确实是大国。元太祖铁木真(成吉思汗)和太宗(窝阔台)命拔都的两次西征,横扫亚欧大陆,小国纷纷臣服。但世祖(忽必烈)灭南宋统一中国后,出征日本、安南(交趾)都不顺利,他死后的成宗、武宗、仁宗对外已无法用兵,但"大国"的架子还在。元明善对交趾"伪主"面称其为"小国",便是这种"大国心理"的暴露。

　　大国其实不好当,不能只图大国的风光,不顾大国的体面。

使交趾

陶宗仪

翰林学士元文敏公明善,字复初,清河人,参议中书日,会朝廷遣蒙古大臣一员使交趾,公副之。将还国之伪主贶以金,蒙古受之。公固辞,伪主曰:彼使臣已受矣,公独何为。公曰:彼所以受者,安小国之心。我所以不受者,全大国之体。伪主叹服。

[学其短]

◎ 本文录自陶宗仪《南村辍耕录》卷二。
◎ 交趾,越南,当时是元朝的属国。
◎ 元明善,字复初,元清河(今属北京)人,谥"文敏"。

正室夫人

[念楼读]

御史大夫也先帖木儿,嫌弃自己的夫人好几年了,一直对她十分冷淡。

有一次首席翰林学士阿目茄八剌死了,也先帖木儿派一名司马去吊孝,回来后问他死者的后事,回答说:

"承旨大人府上,戴凤冠的姨太太有十五位,都忙着争分财物,全不悲伤;一直守在灵前哭着的,只有一位正室夫人。"

也先帖木儿听后,默然无语。当天晚上,他便到夫人房中住了,从此恩爱如初。

[念楼曰]

读《元史》,尤其是这回写这节小文,十分讨厌"也先帖木儿""阿目茄八剌"这类名字。读《清史稿》便好得多,"阿桂""和珅"均可接受,因为他们愿意汉化,后来连"爱新觉罗"都改成了"金"。

但夫妻男女之间的事情,民族差异却似乎并不明显,官做大了,都会想多要几个娘子。带罟罟冠的姨太太达十五位,承旨大人身体再棒,恐怕也难以"承旨",于是正室夫人不能不"坐守灵帏,哭泣不已"了。

读过恩格斯《家庭、私有制和国家的起源》,知道了人们的家庭(两性)关系和道德观念都是随社会发展而变化的,"一夫多妻"在过去曾为正常现象,到如今这种现象当然不会再有了。

司马善谏

陶宗仪

御史大夫也先帖木儿,与夫人不睦,已数年矣。翰林学士承旨阿目茄八剌死。大夫遣司马明里往唁之,及归,问其所以。明里云:承旨带罟罟娘子十有五人,皆务争夺家财,全无哀戚之情,惟正室坐守灵柩哭泣不已。大夫默然。是夜遂与夫人同寝,欢爱如初。

[学其短]

- ◎ 本文录自陶宗仪《南村辍耕录》卷二十二。
- ◎ 也先帖木儿,蒙古许兀慎氏,元仁宗时知枢密院事。
- ◎ 罟罟(gū),蒙语,蒙古贵妇所戴的高冠。

有 气 味

[念楼读]

　　大画家倪云林讲究清洁讲究得过了头，简直成了病态。有一次他看上了一个叫赵买儿的歌妓，招来陪宿。叫她洗澡上床后，又手摸鼻嗅，仔细检查。检查到私处，觉得"有气味"，又叫她下床再去洗。洗后再嗅，嗅后再洗，折腾到天亮，兴致也折腾得等于零了，白给了一笔服务费。

　　后来赵买儿说起这回事，每次都笑得直不起腰来。

[念楼曰]

　　艺术家的行为，往往让一般人觉得怪异。这件事涉及两性关系，更容易引起人们的兴趣，或认为不可理解。其实倪云林此种怪癖乃是一种病症，现代医学上称为"强迫症"，"洁癖"只是其表现之一。我曾亲见有患者总嫌自己的手不干净，从早到晚不断地洗手，冬天因为老用肥皂洗，手上的皮肤总是开裂，以至流血，他却仍然不断地洗。据说此病很难治好，患者痛苦不易解脱，甚至为此轻生。

　　人的性器官位于"两便之间"，佛家说最为"不净"，难怪我们的大画家要"且扪且嗅"，至再至三，仍然觉得"有气味"，不行。其实这种"不净观"乃是反自然、反科学的。人体只要没有生病，并保持清洁，有气味亦不至于"秽"。据性学者说，两性互相吸引的途径，主要是通过视觉、触觉和嗅觉；那么"有气味"乃是正常的，毫无气味反而未必正常了。

病洁

陶宗仪

毗陵倪元镇有洁病。一日眷歌姬赵买儿留宿别业中，心疑其不洁，俾之浴。既登榻，以手自顶至踵，且扪且嗅，扪至阴，有秽气，复俾浴凡再三。东方既白，不复作巫山之梦。徒赠以金。赵或自谈，必至绝倒。

[学其短]

◎ 本文录自陶宗仪《南村辍耕录》二十七卷。

◎ 毗陵，今常州。

◎ 倪元镇，名瓒，号云林子，元无锡人。

菽园杂记六篇

儿子岂敢

[念楼读]

明英宗正统年间,司礼监太监王振掌权,势倾朝野。英宗称之为"先生",百官尊之为"翁父",还有些最不要脸的官员,干脆自愿做干儿子,叫他干爸爸。

工部侍郎王某最会拍马屁,又年轻貌美,很得王振欢心。有一次王振问他:

"王侍郎,你为什么不蓄胡子呢?"

王某恭恭敬敬地回答道:"您老人家没有胡子,做儿子的我,又怎么敢有胡子啊!"

[念楼曰]

演《西厢记》,张生得了相思病,头上扎着手巾,手里撑根木棍,走出来叫书童。书童上台时,头上也扎着手巾,手里也撑根木棍,显得比张生病得更厉害。张生惊问道:"你也病了?"书童答道:"相公病了,我不敢不病呀!"

书童"不敢不病",是为了学样;王侍郎"不敢有须",却是为了逢迎。小书童只是可笑,堂堂侍郎则可耻至极矣。

为了做官,不惜先做别人的儿子,甚至做太监的儿子。这种死不要脸的人怎么能够当上侍郎(副部长),真是怪事。明士大夫高谈气节者最多,寡廉鲜耻毫无骨气者亦最多,这其实是一件事情的两面。当时君权最尊,人格最贱,进士翰林出身的官,动辄可以廷杖(打屁股)。屁股朝夕不保,脸面如何能存,所以王侍郎他们就干脆不要脸了。

王侍郎

陆　容

正统间,工部侍郎王某出入太监王振之门,某貌美而无须,善伺候颜色,振甚眷之。一日问某曰:王侍郎尔何无须,某对曰:公无须儿子岂敢有须,人传以为笑。

[学其短]

- ◎ 本文录自陆容《菽园杂记》卷二,原无题。
- ◎ 陆容,字文量,明太仓(今属江苏)人。
- ◎ 正统,明英宗年号。
- ◎ 王振,明英宗时宦官,擅权跋扈,后死于乱兵。

谈"御制"

[念楼读]

英宗皇帝初年,御史彭勖(当时在督理南京学政)认为,永乐年间编成的《五经四书大全》,辑录各家的论点,颇有与朱子《集注》不合的地方;于是加以辨正,写成专书,准备送审。有人说,《五经四书大全》是永乐皇上"御制"的书,怎么能改?这事便中止了。

现在看来,彭君所见不为无理。学问愈研讨愈精进,真理越辩论越分明,怎么能因为是"御制"的便不允许讨论、修改了呢?

[念楼曰]

在君主专制时代,皇帝是最高权威。"御制"的书籍和文章,也就有了权威的地位,是不允许质疑和修改的。彭勖在明朝正统年间,觉得永乐皇帝"御制"的"欠精","遂删正自为一书",还"欲缮写以献",当然不得不"止"。如果他早生几十年在洪武皇帝治下,即使他本意是想帮忙,只怕还会因此获罪,甚至被砍掉脑壳呢。

《菽园杂记》的作者为彭勖说话,其理由为"订正经籍,所以明道,不当以是自沮也",也堂堂正正。本来嘛,《五经四书大全》既是"订正经籍"的学术著作,便应该允许别人也来"订正",这才能真正"明道"也就是探求真理,何必要以其为"御制"而"止"呢?

御制大全

陆　容

[学其短]

正统初，南畿提学彭御史勖尝以永乐间纂修五经四书大全讨论欠精，诸儒之说有与集注背驰者，遂删正自为一书，欲缮写以献，或以大全出自御制而止。以今观之，诚有如彭公之见者。盖订正经籍所以明道，不当以是自沮也。

◎ 本文录自《菽园杂记》卷三，原无题。
◎ 正统，明英宗年号。
◎ 南畿，即南都，明朝时指南京。
◎ 彭勖，字祖期，明永丰（今属江西）人。
◎ 永乐，明成祖年号。

自 称 老 臣

[念楼读]

　　危素和余阙，都是所谓文学名臣，在元朝都入过翰林院，修过史。后来元朝灭亡，余阙死于守城，危素则又进了明朝的翰林院。

　　有一天，明太祖派了个小太监去翰林院，问问是谁在值班。危素朗朗高声地回答道："老臣危素。"

　　小太监回官复命，太祖听了，一言不发。大概他觉得危素的"老"是"老"在前朝，现在实在不该倚老卖老，于是第二天就传旨令危素去余阙墓（在安庆）烧香，意思是要他到死节的老同事坟前去一趟，看他还好不好意思活得这样精神。

[念楼曰]

　　叫危素去余阙墓烧香，正好比叫陈明仁去战犯管理所看宋希濂、杜聿明，区别只在于一是看死者，一是看生者。一死一生，死者无言，还好应付；生者见了面总不能不说话，一为座上客，一为阶下囚，这话又如何好说呢？

　　文天祥作《正气歌》，表扬"时穷节乃见，一一垂丹青"的忠节之人："在秦张良椎，在汉苏武节；为严将军头，为嵇侍中血……"这严将军便是宁作"断头将军"不作"降将军"的严颜，与余阙可算同一流人物。若危素者，则只能算未入流人了。

危素

陆 容

高皇一日遣小内使至翰林看何人在院。时危素太仆当直，对内使云老臣危素。内使复命，上默然。翌日传旨令素余阙庙烧香，盖余危皆元臣，余为元死节，阙庙烧香盖余危皆元臣。余为元死节，盖厌其自称老臣故以愧之。

[学其短]

◎ 本文录自《菽园杂记》卷三，原无题。
◎ 高皇，时人对明太祖朱元璋的称呼。
◎ 直，通"值"。
◎ 危素，字太朴，元大臣，明初授翰林侍讲学士。
◎ 余阙，元大臣，曾同危素修史，后因被红巾军围攻，负重伤自到。

染　发

[念楼读]

　　陆展将白头发染青讨好小老婆,寇准拔掉胡须争取当宰相,都是为了个人目的对抗自然规律;但是晋人张华在《博物志》中就介绍过染白胡须的方法,唐人宋人也写过镊去自己白头发的诗,可见此事由来已久。

　　不过如今这样做的人,多数倒不是为了搞到女人,而是为了搞到官位。不信你可以看看,卖乌须药和镶牙补牙的广告,不是都贴在吏部衙门前,并没贴到风月场所去吗?

[念楼曰]

　　陆展不知何许人,"染白发以媚妾",这种"装嫩"虽然太肉麻,但只要他自己的老脸上搁得住,毕竟与别人没太多关系。拔掉白毛补齐牙齿,说想多为人民服务,其实想的全是功名利禄,更进一步则改小年龄,假造履历,相率而为伪,这就于世道人心大有妨碍,不完全是个人的事情了。

　　对于我来说,乌须药首见于《龙凤呈祥》,戏台上的刘备招亲成功,它起到了决定性的作用。当然皇叔的大目标乃是荆州而非孙尚香,政治从来是第一位的。不爱江山爱美人,是无大志的人生哲学,大英帝国温莎公爵庶几近之。在男尊女卑的东方,则只要有了江山,又何愁没有美人,即使他七八十岁了,如还有此需要,年轻的女秘书、女护士不都争着上,谁还敢要他染头发。

白发白须

陆 容

陆展染白发以媚妾,寇准去白须以求相,皆溺于所欲而不顺其自然者也。然张华博物志有染白须法,唐宋人有镊白诗,是知此风其来远矣。然今之媚妾者盖鲜,大抵皆听选及恋职者耳,吏部前粘壁有染白须发药修补门牙法,观此可知矣。

[学其短]

◎ 本文录自《菽园杂记》卷九,原无题。
◎ 陆展,曾任刘义庆幕僚。
◎ 寇准,字平仲,北宋时下邽(今陕西渭南)人。
◎ 张华,字茂先,西晋时方城(今河北固安)人。

画 圣 像

[念楼读]

　　太祖皇帝召来多位画师为自己画像，画出来都不满意。有画像技术最高、画得最像的，以为自己画的万岁爷一定会满意，结果也不行。

　　只有一位画师揣摩出了皇上的心思，特地将御容画得格外慈祥，呈上去以后，龙心大悦，又叫他再多画几幅，分赐给封了王的各位皇子。

[念楼曰]

　　都知道朱元璋"五岳朝天"，满脸横肉，一副杀人不眨眼的凶狠相。如果照着真容来画圣像，自然会越逼真越难看，画得越像越"不行"。

　　只有杀起人来绝不心慈手软，才能夺得天下。夺得天下以后，为了收揽人心，又得以慈眉善目的姿态出现，于是此圣像便只能依赖画师们来"创作"了。这种"创作"当然是一种宣传，"客观主义"首先要反对，"为真实而真实"也不行，必须服从于政治，服从国家的最高利益，无论如何也得画出一副"穆穆之容"，画出一个亲民爱民的皇帝来。

　　我很佩服那位能够"探知上意"的画工的本领，凭着这套本领，明朝那时候如果建立"美协"，他"当选"主席肯定没有问题。那些画得最像的，则只怕还会落下个丑化万岁爷形象的罪名，最后吃不了兜着走。

传写御容

陆　容

高皇尝集画工传写御容,多不称旨。有笔意逼真者,自以为必见赏,及进览亦然。一工探知上意,稍于形似之外加穆穆之容以进,上览之甚喜,命传数本以赐诸王。盖上之意有在,他工不能知也。

[学其短]

◎ 本文录自《菽园杂记》卷十四,原无题。
◎ 高皇,见第89页注。

乌 柏 树

[念楼读]

　　乌柏树只能用接枝法繁殖，成树后才能结子，否则即使结子，也不会多。

　　十一月间采了柏子，用水碓舂捣，使核外的一层"肉"脱落，然后过筛，将二者分开。"肉"煎成蜡，是制烛的材料。核磨碎蒸软榨出油，可用来点灯，也可掺在蜡中制烛，或掺入桐油油雨伞；但不能食用，误食了会使人上呕下泻。

　　柏子榨油后的枯饼，是农田的好肥料。

[念楼曰]

　　在我的家乡，水边常有柏树，树干和树枝多弯向水面，小孩可以爬上去，当然印象最深的还是它的红叶。后来才知道，张继的"江枫渔火对愁眠"，刘伯温的"红树漫山驻岁华"，都是咏乌柏的。陆子章《豫章录》云：

　　　　饶信间柏树冬初叶落，结子放蜡，每颗作十字裂，一丛有数颗，
　　望之若梅花初绽。枝柯结曲，多在野水乱石间，远近成林，真可作画。
也写得很传神。可惜我从离乡以后，就未再见过它的身影。

　　柏子出的油有三种，平江人分别称为皮油（"肉"即核外蜡质层所制）、子油（核即种仁所制）、木油（整粒柏子所制）。皮油的硬脂酸含量高，浇成的蜡烛较硬，优于用木油者。

　　如今乡下有了电灯，敬神的烛亦改用石蜡制成，柏树不再有经济价值，唯愿还能留一点下来，点缀山村的风景。

柏

陆 容

种柏必须接，否则不结子，结亦不多。冬月取柏子舂于水碓，候柏肉皆脱，然后筛出核，煎而为蜡。其核磨碎入甑蒸软，压取清油，可燃灯或和蜡浇烛，或杂桐油制伞。但不可食，食则令人吐泻。其渣名油饼，壅田甚肥。

[学其短]

◎ 本文录自《菽园杂记》卷十四，原无题。

古今谭概五篇

心 中 无 妓

[念楼读]

程颢（明道）、程颐（伊川）两兄弟，都以讲道学出名，被尊称为"两程夫子"。有回哥俩同往官宦人家赴宴，有妓女来陪酒。小程先生怕妓女近身，连忙站起，整整衣襟，大步离开了。大程先生却若无其事，和众客人一同笑谈饮酒，直至终席。

第二日，小程先生来到哥哥书房，讲起前一天让妓女来陪酒，仍然气愤。大程先生便对弟弟说："昨天酒席上有妓女，我心目中却没有妓女；今天这书房中没有妓女，你心里却还有妓女啊。"

[念楼曰]

《古今谭概》是冯梦龙纂辑的一部书，"心中有妓"这个故事传说甚广，大概亦非冯梦龙所虚构。两兄弟都是道学家，但看来哥哥的"道学"水平比弟弟更高。他以为，只要心中无妓，座中即使有妓，也不会影响自己的"道学"形象。

其实在古时，士大夫们对家妓或官妓，逢场作戏一下是完全没有关系的，不过道学先生要当"夫子"，便不得从高从严要求自己，装出一副特殊材料做成的人模人样。

小程先生"拂衣而起"，至次日"愠犹未解"，面皮绷如此久，血压肯定升高，比起大程先生随大流"尽欢而罢"，似乎更不利于养生。可是弟弟只比哥哥小一岁，却在哥哥去世后还活了二十二年，这又如何解释呢？难道要做到"心中无妓"，见可欲而心不乱，竟如金庸所写的"必先自宫"，比起板着一副脸装正经，对于身心健康更为不利吗？

两程夫子

冯梦龙

两程夫子赴一士夫宴,有妓侑觞,伊川拂衣起。明道尽欢而罢。次日伊川过明道斋中,愠犹未解,明道曰:昨日座中有妓,吾心中却无妓,今日斋中无妓,汝心中却有妓。伊川自谓不及。

[学其短]

◎ 本文录自冯梦龙《古今谭概·迂腐部第一》。
◎ 冯梦龙,字犹龙,明长洲(今苏州)人。
◎ 两程夫子,程颢、程颐兄弟,北宋洛阳人。
◎ 伊川,程颐(字正叔)的外号,为程颢之弟。
◎ 明道,程颢(字伯淳)的外号。

大 袖 子

[念楼读]

　　曹奎中了进士，制袍服时，有意将袖子做得特别大，穿在身上，招摇过市。

　　"你这袖子做得太大了吧？"杨衍见了，问他道。

　　"就是要大，才装得下天下黎民百姓呀。"曹奎得意扬扬地回答。

　　"我看哪，天下黎民百姓虽然装不下，一个两个倒硬是装得进去了。"杨衍笑着说了这么一句。

[念楼曰]

　　做大官的，总说"心中要装着老百姓"，翻译成古话，也就是"盛天下苍生"了。

　　若真能如此，当然很好。怕就怕像曹奎那样，专门只在公开场合大众面前做表面功夫。私下却贪污腐化，吃喝嫖赌，无所不为，十足一条国家人民的大蛀虫、大蛆虫。

　　在上者提倡某种精神，宣传某种思想，要收效莫如身体力行，而不在多言。颁布几条顺口溜式的口号，比如"盛天下苍生"之类，以为如此天下苍生便会得救，岂非捏着鼻子哄自己。官儿们倒是会闻风而动，"上头"怎样说，他们立马就会怎样表现，曹奎的大袖袍便是表现之一。但是，蒋介石手订的"党员守则"背得再滚瓜烂熟，亦无救于国民党在大陆的败亡啊。

盛天下苍生

冯梦龙

进士曹奎作大袖袍,杨衍问曰:袖何须此大?奎曰:要盛天下苍生,衍笑曰:盛得一个苍生矣。

[学其短]

◎ 本文录自冯梦龙《古今谭概·怪诞部第二》。

不怕杀头

[念楼读]

　　嘉靖时北方蒙古族俺答汗率部入侵，京师一度危急。皇上怪罪兵部尚书丁汝夔抵御无方，将其斩首示众，这件事在百官中引起很大震动，都觉得仕途险恶，说：
　　"动不动就杀头，谁还敢做官。"
　　"怎么没有人敢做呢，这是大官呀！"有人笑道，"兵部尚书这把虎皮交椅，如果坐一天便杀头，也许没人争着坐；只要坐得上个把月，就是杀头，也还是有人要争着坐的。"

[念楼曰]

　　为了做官不怕杀头，这似乎是一句挖苦话，其实不然。后来明朝的兵部尚书被"大辟"的仍旧不少，如熊廷弼、袁崇焕，而且都是忠臣。明知这把交椅坐上危险，还是毅然决然坐上去，真所谓忠臣不怕死了。
　　贪官不怕死的就更多。明太祖恨贪官，县官贪污被告发，便将其剥皮填草，挂在县衙内堂示众。新县官来上任，吏胥们常窃窃私语："填草的又来了。"
　　如今读报，亦常见有贪官判死刑，判死缓，不怕判的却越来越多。斯蒂文森写《自杀俱乐部》，有波斯王子花钱买死；我们的贪官用来买死的钱，本就是凭空手道得来的，不必从波斯王宫远道搬来，所以才会更加"大方"和"痛快"。

仕途之险

冯梦龙

世庙时,通州虏急,怒大司马丁汝夔,置之辟,缙绅见而叹息曰:仕途之险如此,有何宦情?中一人笑曰:若使兵部尚书一日杀一个,只索抛却,若使一月杀一个,还要做他。

[学其短]

◎ 本文录自冯梦龙《古今谭概·痴绝部第三》。
◎ 世庙,明世宗,即嘉靖皇帝。
◎ 丁汝夔,字大章,明沾化(今属山东)人。

那两年靠谁

[念楼读]

有个姓吴的人，二十岁做了爸爸，儿子养到三十岁，他自己已经五十岁了。这个儿子蠢得很，名字就叫"蠢子"，生活全得爸爸照顾。

有一天来了个算命先生，父亲请他替自己和儿子算命，结果算出，父亲寿八十，儿子也会活到六十二。蠢子听后，号啕大哭：

"爸爸八十岁死了，我六十岁以后还有两年，那两年靠谁养活啊！"

[念楼曰]

不幸生下白痴或低能儿，只能尽一世义务，身后还会留下遗恨。对此社会应予同情，国家也该关心，绝不该觉得好笑。旧笑话打趣残疾人，乃是国民心理不健全的表现。但取笑弱智和病人的毕竟还少，除了借呆女婿傻新娘讲黄色笑话。

这位吴蠢子却未必很蠢，他知道父亲大自己二十岁，算得出八十减二十再减六十二等于负二，知道父亲死后还有两年无人养活自己。如果及早训练他学会独立生活，不让他养成饭来张口衣来伸手的习惯，很可能他就不会如此号啕大哭了。

社会上有所谓特权阶层。让一部分人先富起来以后，又出现了新富阶层。富贵之家，自然会注意子女教育。但如果教之不以其道，子女虽然并不弱智，也被娇惯成坐享其成的少爷小姐。富人的命即使再长，寿终正寝时也会放心不下的。

吴蠢子

冯梦龙

吴蠢子年三十倚父为生,父年五十矣。遇星家推父寿当八十,子当六十二,蠢子泣曰:我父寿止八十,我到六十以后那二年靠谁养活。

[学其短]

◎ 本文录自冯梦龙《古今谭概·专愚部第四》。

人之将死

[念楼读]

刘宋朝的明帝决定要王彧死在自己前头,自知不起时,派使者将敕书和毒酒送到江州去,令其服毒自尽。

使者到时,王彧正在跟客人下棋。他读过敕书,将它和毒酒放在一旁,继续将一局棋下完,收好棋子,才从容对客人说:

"皇上要我死呢。"顺手将敕书递给客人一看,然后举起毒酒说,"这壶酒没法请你喝啦。"自己几口吞下,随即绝气。

[念楼曰]

人之将死,其本来面目、风度、修养都会显示出来。

王彧出身名门,富有才学,从小即很受宋武帝(明帝之父)爱重,选他妹妹为太子妃,又要将公主嫁给他,想太子和他互为郎舅。王彧倒没什么野心,他多次辞谢加官晋爵,还以病体辞不尚主。明帝即位后,他更加谨慎小心,主动请求出守外地,远离政治中心。但即使如此,当明帝重病快死时,怕以后太子年幼,皇后临朝,王彧是"元舅"自然会出掌国政,以他的才能和资望,天下便可能会由姓刘变为姓王,所以还决定请他喝毒酒,先行一步。

这便是专制政体最可怕、最黑暗的一面。君要臣死,臣便不得不死。即使位极人臣,甚至是二把手,毒酒送来也不能不喝。幸运的是,他总算还能留下"此酒不堪相劝"这句不仅不失风度,而且颇具文学色彩的名言,足供天下后世人思索和想象。

此酒不堪相劝

冯梦龙

宋明帝赐王景文死.景文在江州方与客棋.看敕讫置局下神色怡然争劫竟.敛纳奁毕徐言奉敕赐死.方以敕示客.因举鸩谓客曰此酒不堪相劝遂一饮而绝.

[学其短]

◎ 本文录自冯梦龙《古今谭概·越情部第十》。
◎ 宋明帝,即刘彧,南朝宋皇帝,公元 465 年至 472 年在位。
◎ 王景文,名彧,南朝宋临沂(今属山东)人。
◎ 江州,今江西九江。

广东新语八篇

水 流 鹅

[念楼读]

　　广东地方有一种水鸟叫作"淘鹅",有时口音略变又叫"逃河",阳江的方言则叫"水流鹅",其实就是别处叫鹈鹕的。其形体大小如鹅,会潜水捕鱼,还会将浅水弄干取鱼。捕得鱼它并不全都立即吞食,而是将有的鱼"养"在下喙下面的皮囊里;养鱼的水,有时多达两升。它每游弋捕鱼一次,便能吃上好几天。

　　　水流鹅哎莫淘河,我的鱼少你鱼多。
　　　弯起竹弓想射你,你又会跑奈不何。
渔家有一首儿歌就是这样唱的。

[念楼曰]

　　《辞海》(1979年版第1775页)云:

　　　鹈鹕(Pelecanus),亦称"伽蓝鸟""淘河鸟""塘鹅"……下颌底部有一大的皮囊,俗称"喉囊",可用以兜食鱼类。性喜群居,主要栖息在沿海湖沼、河川地带。……

　　我想这里说的"淘鹅"即《辞海》所谓"塘鹅","逃河"即"淘河鸟",应该没有什么问题,只有"伽蓝"这个梵文音译字有点突兀。一查,方知"伽蓝鸟"出于佛经,给中国人用的《辞海》本该稍加说明,不能怪屈大均失记。

　　屈大均对于渔童歌唱的水流鹅"竭小水取鱼"和(颐下皮袋)"常盛水二升许以养鱼"的生态,观察入微,描写生动,在关于自然史的载记中殊不多见。

淘鹅

屈大均

淘鹅即鹈鹕也，曰逃河者淘鹅之讹也。阳江人则谓水流鹅，云其大如鹅，能沉水取鱼，或竭小水取鱼，颐下有皮袋，常盛水二升许，以养鱼，随水浮游，每淘河一次可充数日之食。渔童谣云：水流鹅，莫淘河，我鱼少，尔鱼多。竹弓欲射汝，奈汝会逃何。

[学其短]

◎ 本文录自屈大均《广东新语》卷二十。
◎ 屈大均，字翁山，明末清初番禺人。
◎ 阳江，今广东省阳江市江城区。

狗 与 奴 才

[念楼读]

澳门地方多有洋狗，躯体矮小，长着狮子似的长毛。它们完全不能看门、捕猎，却要卖十多两银子一只。

洋人很看重自己养着玩弄的这种狗，和它同住同吃，好吃的食物先给它吃，对狗比对买来的幼年奴仆宠爱得多。

洋狗也很听洋人的话，叫它坐就坐，叫它站就站，人和狗倒是蛮融洽的。所以澳门当地有这样一句俗话：

"宁可变洋狗，也甭作洋奴。"

[念楼曰]

西洋人对狗的态度，自来和中国人很不相同。葡萄牙人居留澳门已久，他们养狗作为玩伴，还买来黑人或华人的幼童作为仆役，此即所谓"奴团"。在葡人心目中，这些"奴团"的确是"万不如狗"的。

"宁为番狗，莫作鬼奴"，这是痛恨"洋鬼子"的本地"奴团"才讲得出的心里话。但在大多数中国人看来，狗总是更卑贱的东西，骂人骂"狗奴才"也显得更为厉害。但狗与奴才，在必须服从主人这一点上其实并没有什么不同，他们和它们都必须交出自己的自由，作为被豢养的代价。不过奴才读过书，能识字，心思也更灵泛一些，所以得为主人做更多的事，也更不容易讨好。

番 狗

屈大均

蠔镜澳多产番狗,矮而小,毛若狮子,可值十余金。然无他技能,番人顾贵之,其视诸奴团也万不如。狗寝食与俱,甘脆必先饲之,坐与立番狗惟其所命,故其地有语曰宁为番狗,莫作鬼奴。

[学其短]

◎ 本文录自屈大均《广东新语》卷二十一。
◎ 蠔镜澳,当作"濠镜澳",即澳门。

瑶人美食

[念楼读]

竹老鼠住行都在地下,专门在地下吃竹根。它的皮毛柔软,躯体也很柔软,肉味非常肥美,可以切成大片,一两片便是一盘,呈紫色,鲜甜如嫩笋。它的鲜血直接饮用,据说也很养人。

瑶家将它视为上等食品,称之为"竹猪"。我在一首写广东风物的诗中也赞赏过:

> 海上人采来的鲜贝,山里人捉到的竹猪。

[念楼曰]

"文革"中,我在湖南茶陵洣江茶场服刑,曾和一个从江华林区送来的瑶族犯人同队。有一次他讲起,捉了竹老鼠,用"木叶"烧熟后撕成大块,就着上山打猎或挖笋时随身带的"盐巴",咬一口肉,舔一舔盐巴。"那个味道呀,真比睡婆娘还美!"

他就是因为烧竹老鼠吃,失火延烧了一小片山林,被作为"纵火犯"判刑五年的。我打趣他道:

"吃只竹老鼠,判了五年刑,你后悔不后悔?"

他仍然沉浸在对美味的回忆中,低下头想了想,才慢慢地回答我道:

"后悔当然有点后悔,判了我五年哪,五年……不过竹老鼠那硬是好吃得很!"

竹䶉

屈大均

竹䶉穴地食竹根，毛松肉肥美亦松肉一二脔可盈盘色紫味如甜笋血鲜饮之益人瑶中以为上馔谓之竹豚予诗海人花鼊蛤山子竹鸡豚。

[学其短]

◎ 本文录自屈大均《广东新语》卷二十一。

何必引韩诗

[念楼读]

龙虾可以大到七八斤一只，头部可以有尺把宽，俨然像个龙头，色彩斑斓，还有两根三四尺长、粗如手指的须。

它的肉味鲜甜，但是比普通河虾肉要粗些。在它的壳内点灯，光亮有如红琥珀，便是有名的龙虾灯。

东莞、新安、潮阳沿海都产龙虾。韩愈在潮州时写诗道：

见到龙虾时不禁想问问它，谁还有更长更美的须和牙？

[念楼曰]

旧时作文喜欢引用古人句子证明自己的渊博，其实这在大多数情况下都是没有必要的，屈大均介绍龙虾引韩愈的诗，即属此类。

韩愈当然是大文豪，确实写过不少好诗，这两句却写得并不好。全诗见《昌黎先生集》卷六，题目是《别赵子》。这里说龙虾的须"雄"也许不错，说龙虾的"牙"也"雄"就太离谱了，因为虾是没有牙的呀。古诗为了凑字数或者押韵，常有这种用字不顾字义的情形，虽韩公亦不免焉。

屈氏说龙虾肉粗，则一点不错，我就不喜欢吃龙虾以及一切的海虾，只喜欢吃河虾，尤其是现剥现炒的虾仁。至于"光赤如血珀"的龙虾灯，自己虽未见过，知道"东莞、新安、潮阳多有之"也足够了，"昌黎诗"实在不必抄引也。

龙 虾

屈大均

龙虾巨者重七八斤,头大径尺,状如龙.采色鲜耀.有两大须如指,长三四尺,其肉味甜稍粗于常虾,以壳作灯,光赤如血珀.曰龙虾灯,东莞新安潮阳多有之.昌黎诗又尝疑龙虾果谁雄牙须.

[学其短]

◎ 本文录自屈大均《广东新语》卷二十二。

◎ 东莞、新安、潮阳,皆当时广东县名,即今之东莞市、深圳市宝安区和潮阳区。

◎ 昌黎诗,即韩愈诗,昌黎为韩氏郡望。

金色的丝

[念楼读]

广东阳江有种野蚕叫"天蚕",专吃樟叶和枫叶。每年三月蚕体成熟即将吐丝时,将其捉来浸在醋里,可以抽出七八尺异常坚韧的丝来,金光灿烂,最适于用来缠葵扇的边。

如果不如此浸制,天蚕也能在树上成茧。这茧要比家蚕的大好几倍,却无法缫成丝。《尚书·禹贡》所说充当贡品的"厥篚檿丝",有人说是这种天蚕丝,其实应是山东地方野生桑蚕的丝。

另外还有一种长在沙柳树上的野蚕,也可以取丝缠扇子。

[念楼曰]

《禹贡》叙述夏禹"别九州"后"任土作贡"(依照各州土地的出产,决定其贡献的种类),在谈到青州的时候,说了"厥篚檿丝"这句话。

"厥"即是"其";"篚"(fěi),是装东西的竹器;"檿"(yǎn),是山桑树。"厥篚檿丝"的意思便是:其地用竹笼装来的山桑蚕丝。据说"山桑叶小于桑而多缺刻,(木)性尤坚紧";吃山桑树叶的蚕所吐的丝,特别适于做琴弦。

看来青州所贡的这种丝,确实不是"以作蒲葵扇缘"的天蚕丝;"海岱惟青州",在渤海和岱(泰)山之间吃山桑叶的野蚕,也确实不是在广东阳江地方"食必樟枫叶"的天蚕。

天蚕的金色的丝,不知道如今还有没有人在用醋浸取,真想搞"长七八尺"的一根来看看,虽然蒲扇是早就不用了。

天 蚕

屈大均

天蚕出阳江,其食必樟枫叶,岁三月熟。醋浸之抽丝长七八尺,色如金,坚韧异常,以作蒲葵扇缘,名天蚕丝。亦有成茧者,大于家蚕数倍。贡厥篚檿丝,或即此类。然不可缫为丝入贡者,齐鲁之山茧也。有沙柳虫,腹中丝亦可作缘。

[学其短]

◎ 本文录自屈大均《广东新语》卷二十四。

香 分 公 母

[念楼读]

　　丁香树广州也有，它高一丈多，叶子有些像栎树，花朵细圆，花蕊色黄，结成紫色的子，这子就是人们所说的丁香。

　　人们又将丁香分为公母两种，小颗的叫"公丁香"，大颗的叫"母丁香"。母丁香效力大一些，但也不如从外国来的贵重。

　　丁香树结子时，常有彩色羽毛的鹦鹉飞来，啄食嫩的丁香子；人们采过子以后，鹦鹉便啄食留下的皮。

　　南洋人喜欢嚼丁香，跟嚼槟榔一样。

[念楼曰]

　　丁香是一种香料，中国又用来入药，《本草纲目》介绍它时有公母之分，李时珍曰，"雄为丁香，雌为鸡舌"；李珣云"小者为丁香，大者为母丁香"；陈藏器云"最大者为鸡舌，击破有顺理而解为两向如鸡舌，故名，乃是母丁香也。"

　　查了《辞海》才知道，丁香树的"果实长倒卵形至长椭圆形，称'母丁香'；以干燥花蕾入药，称'公丁香'"，只有采收迟早之分，并无雌雄公母之别。长倒卵形分为两向，倒真有点像鸡舌，它又是香料，女人可含在口中。所以好色多情的李后主，才会写出"向人微露丁香颗"这样的句子来。香分公母，赋予性别意识，是不是与此多少有关？

　　"从洋舶来者珍"，因为丁香的原产地乃是南洋，那里出产的本来才是正宗。

丁香

屈大均

丁香广州亦有之。木高丈余叶似栎花圆细而黄子色紫有雌有雄雄颗小称公丁香。雌颗大其力亦大称母丁香从洋舶来者珍。番奴口常含嚼以代槟榔。其树多五色鹦鹉所栖以丁香未熟者为饵子既收则啄丁皮。

[学其短]

◎ 本文录自屈大均《广东新语》卷二十五。

夺 香 花

[念楼读]

乳源山上长着许多白瑞香,十一二月间盛开如雪,人们叫它"雪花"。砍了它的枝条作柴火,夹着野生的兰草和川芎,烧起来四邻都闻得到浓烈的香气。

瑞香以枝干骈生的为最好。有一种开紫花的尤其香,和别的香花放在一起,别的花香都闻不到了,所以又叫它"夺香花"。

将瑞香花晒干入药,可以治痘症,使患者减轻症状。

[念楼曰]

第一代搞新文学的人,写过些介绍草木虫鱼的短文,周作人的《菱角》和《苍蝇》最为著名,他引述过汤姆森《秋天》文中关于落叶的一节:

> 最足以代表秋天的无过于落叶的悉索声了。它们生时是慈祥的,因为植物所有的财产都是它们之赐,在死时它们亦是美丽的,在死之前,它们把一切还给植物,一切它们所仅存的而亦值得存的东西。它们正如空屋,住人已经跑走了,临走时把好些家具毁了烧了,几乎没有留下什么东西,除了那灶里的灰。但是自然总是那么豪爽的肯用美的,垂死的叶故有那样一个如字的所谓死灰之美。

末了说,此一节"寥寥五句,能够将科学与诗调和地写出,可以说是一篇落叶赞,却又不是四库的哪一部文选所能找得出的"。

《四库全书》里的确找不出汤姆森这样的文章,只有《广东新语》这些篇也许可以算作无鸟之乡的蝙蝠。

瑞 香

屈大均

乳源多白瑞香,冬月盛开如雪,名雪花。刈以为薪,杂山兰茝劳之属烧之,比屋皆香。其种以李枝为上,有紫色者香尤烈。杂众花中,众花往往无香,皆为所夺,一名夺香花。干者可以稀痘。

[学其短]

◎ 本文录自屈大均《广东新语》卷二十五。
◎ 乳源,县名,今属广东省韶关市。
◎ 汤姆森(J.A.Thomson,1861—1933),英国博物学家,著有《动物生活史》等。

草木之名

[念楼读]

"步惊"是一种木本植物。将它的嫩叶加几粒米稍微炒一下,煎汤喝了,可以治疗受寒呕泻。

它的花的香味很像兰花。人们在山野间行走,忽然闻到兰的幽香,在附近又找不到兰草,总免不了惊异,所以将这种树木叫作"步惊"。"步惊"也因此有了名气。

广东永安人进北京,常常带一点晒干了的"步惊"嫩叶,作为本地土产送人。

[念楼曰]

草木之名有一些十分有意思,比如说"步惊",还有上一节中的"夺香花",从中不仅可以看出人的心智和情思,更重要的是还可以看出人和自然的关系。

同一种植物,在不同的地方和不同的人群中,常常有不同的名称。湖南人爱吃的苦瓜,在广东叫凉瓜,北京老百姓喊作癞葡萄,士大夫则称为锦荔枝。研究这些不同的名称,也很有自然史和社会学的价值。

很希望有人能编一部《植物俗名大词典》,若能对木部和草部的许多古字进行研究,将它们如今在各地的俗名一一考证出来,加上绘图说明,那就更好了。现在还没见有这样的大词典,那么就先找些像《广东新语》这样的书来看看也好。

但这往往被人"惊为蕙兰"的"步惊"到底是一种什么植物,它的正式名称和学名该是什么,又有谁能够明白无误地告诉我们呢?

步 惊

屈大均

步惊木本,以嫩叶和米数粒微炒煎汤饮之,可愈呕泻寒疾。花有幽香,步行遇之,往往惊为蕙兰,故曰步惊。永安人每以嫩叶干之,持入京师作人事。

[学其短]

◎ 本文录自《广东新语》卷二十五。
◎ 永安,今广东紫金县。

广阳杂记十一篇

洪太夫人

[念楼读]

洪承畴降清后,被编入汉军八旗,进京师当了兵部尚书,统兵经略西南。他本是福建南安人,这时见天下大定,便派人回老家接母亲来京城享福。

洪太夫人一来,见到儿子,怒气冲冲地举起拐杖就打,痛斥他贪生怕死,无耻不义。骂道:"你接我来,想叫我跟旗人去做老妈子吗?我打死你,为世人除害!"洪承畴抱头鼠窜,才没有被痛打。

骂过以后,太夫人命令家人备好船只,立刻回南。

[念楼曰]

满洲和中原不再分离,则多尔衮和洪承畴都是统一的功臣。作为部队长官,战败投降犹可谓迫不得已,《日内瓦公约》也会予以保护。可洪承畴却不是投降而是"起义",不仅不要缴械,还要继续持械"经略"大西南,杀原来的袍泽。太夫人骂他无耻不义,并不冤枉。

洪太夫人痛骂过无耻不义的儿子以后,仍然坐船回南方去当老太太,这也是合情合理的。她虽是朝廷命妇,却并未担负政治军事的责任,用不着为了改朝换代而绝粒或悬梁。至于本来就在压迫剥削下的平头百姓,则更无须如此。关内几万万居民若都在甲申殉国,汉人从此绝种,中国岂不真正灭亡,永远灭亡了吗?

洪承畴母

刘献廷

洪经略入都后,其太夫人犹在也,自闽迎入京,太夫人见经略,大怒,骂以杖击之,数其不死之罪曰:汝迎我来,将使我为旗下老婢耶,我打汝死,为天下除害。经略疾走得免,太夫人即买舟南归。

[学其短]

◎ 本文录自刘献廷《广阳杂记》卷一,原无题。

◎ 刘献廷,字继庄,别号广阳子,清大兴(今北京)人。

◎ 洪经略,即洪承畴,降清后以兵部尚书经略西南。

谢 客 启 事

[念楼读]

崇祯帝殉国后，福王在南京即位，马士英为首相。黄仲霖向朝廷奏参马士英，召对之后，知道马士英参不倒，自己闯下了弥天大祸，回到家里，便写了张启事粘贴在门上：

"我触犯了权威，离死已经不远，为免连累他人，特令本宅传达，对于来访各位，一概请辞不见。"

[念楼曰]

金兵入汴京，靖康亡国后，南宋又支持了一百五十多年；闯王军入北京，崇祯亡国后，南明的弘光小朝廷却仅仅支持了两年。

谈起弘光小朝廷的事，真是既可气，又可笑。这皇帝不像个皇帝，即位后要办的第一件事便是大选"淑女"；首相也不像个首相，口说要"力图恢复"，干的却是"日事报复"，打击妨碍自己结党营私的人；只有一个史可法，却不让他参与朝政，将其派到外地去督师；而所"督"的将官也不像将官，清兵已快临城下，还在内战不止，然后分别降清。黄仲霖在弘光面前参马士英，其志可嘉，其愚却不可及，虽说尽愚忠也是臣子的本分，也得看看这个君值不值得你愚忠啊！

但黄仲霖的书生意气，毕竟还有其可爱之处，"以白纸大书于门"的几句话，也写得挺牛的，看了很能使人解气，这恐怕是甲申乙酉间南京城中唯一的亮点。

参马士英

刘献廷

黄仲霖参马士英,召对归署,以白纸大书于门曰:得罪权奸,命在旦夕,诸客赐顾门官一概禀辞.

[学其短]

◎ 本文录自刘献廷《广阳杂记》卷一,原无题。
◎ 黄仲霖,名澍,明末徽州(今属安徽黄山市)人。
◎ 马士英,字瑶草,明末贵阳人。

抬 轿 子

[念楼读]

　　南岳山上的轿夫，抬轿子的身手，可称天下第一。旅客坐在轿子上，轿夫抬着行走如飞，速度比得上跑马。他们又特别善于爬陡坡，过独木桥。过桥时，脚板只能横踩在独木上，轿夫们侧着身子，以单肩"挑"着桥杠，脚趾和脚后跟悬空，全凭脚板心在木头上蹭着走。由一前一后两个轿夫"挑"起的轿子，却仍旧平平稳稳，不侧不偏，使坐轿的人舒舒服服，虽然免不了有些紧张，过后谈起，还不禁吐出舌头，连呼啧啧。

[念楼曰]

　　1949年以前，在报纸上看见蒋介石坐轿子上庐山的照片，曾经破口大骂，说这是压迫人民的象征。蒋氏走后，名山胜地的轿夫确曾一度绝迹，大概比城市中的人力车夫们歇业得还早些。

　　可是在改革开放以后，旅游兴起，供旅客爬山代步的轿子，又应运而复生。20世纪80年代我在四川青城、峨眉都看到过不少顶，争着揽客的，讨价还价的，甚至空轿子跟在客人后面苦口婆心劝客上轿的，均所在多有，供过于求。

　　天下的事物，本来有需便有供。轿子只要有人要坐，便会有人来抬。取缔既难实行，实亦无此必要；从旁替"被压迫者"打抱不平，更属多事，只怕还会被轿夫们认为断了他们的财路，挨一顿臭骂。

舆夫

刘献廷

衡山舆夫矫健冠天下，走及奔马，上峻阪走独木危桥，舆在肩侧，其足逡巡二分在外，舆平如衡，无少欹仄，吁亦异矣。

[学其短]

◎ 本文录自刘献廷《广阳杂记》卷二。

小 西 门

[念楼读]

　　在长沙小西门外，看湘江两岸居民的房屋，都是竹篱茅舍，朴素中显出一种雅致，丝毫没有城市的拥挤和做作。

　　湘江中有不少船只。走上水的，走下水的，挂满风帆快速驶过的，停泊在岸边不动的，船上的人正在整理樯橹的，大大小小的船，都很入眼。将它们画下来，肯定十分好看。

　　我走遍了大江南北，风景绝妙之处，恐怕要算这里。

[念楼曰]

　　我少年时代的一头一尾，都是在长沙度过的，小西门自然是十分熟悉的地方。但在我的记忆中，那里早成了热闹嘈杂的码头。上下船的货担和人流，使小孩子在尘土飞扬中只能侧着身子走。

　　在河中间的水陆洲上和河对岸的岳麓山下，那时候还有一些竹篱茅舍，但河这边早变成了一间挨着一间的铺面和住宅，河街上则是低矮污秽的棚户。刘献廷笔下的风景，早就大大变样了。我父亲曾在河对岸买过一处房屋，虽非茅舍，却带竹篱，还有几十株橘树，1954年被师大征收去修成体育场的一角了。

　　近来听说长沙市正在规划建设"小西门历史风貌保护区"，这当然是件好事情，但不知"保护"的是什么样的"历史风貌"。照我想，康熙年间的风貌是没有可能恢复了，也没有必要恢复；只要能在新修的"风光带"上留下小西门这地名和刘献廷这五十七个字的文章就好。

天下绝佳处

刘献廷

长沙小西门外,望两岸居人,虽竹篱茅屋,皆清雅淡远,绝无烟火气。远近舟楫,上者下者,饱张帆者,泊者,理楫者,大者小者,无不入画,天下绝佳处也。

[学其短]

◎ 本文录自刘献廷《广阳杂记》卷二,原无题。

春 来 早

[念楼读]

长沙地区的春天来得早。二月初,府境之内的桃花、李花都已盛开,柳树的枝条也又绿又长了。

这里的物候,比下江地方的苏州、常州一带,要早三四十天;比北京附近,则要早五六十天。如果再往南,过了五岭,只怕还要早。

[念楼曰]

中国几千年以农立国,四时节气全凭物候安排农事,而幅员广大,各地气候的差异自然也大。读书人如果不行万里路,则不会注意到这种差异,更不会写出来。

我一直喜欢看笔记,尤喜看其中关于岁时风俗的记载,这些都是自然史、社会史和人民生活史的材料,可惜的是它们太少了。通常笔记中间可以看看的,还包括:(一)历史掌故;(二)人物故事;(三)学术考证;(四)诗话文评。这些材料开卷亦能得益,却并不是我的最爱。至于因果报应、忠孝节烈、神佛鬼狐、风花雪月那一类东西,除非有民俗研究的价值,我就很少看了,也实在看不得那么多。

《广阳杂记》便是我常读的一种笔记。其记事多可取,文字亦简洁,看得出作者的真性情。

清朝时候的长沙府,比现在的长沙市大得多,湘阴、湘乡都是其属县。所以左宗棠和曾国藩都算长沙人,坟墓和祠庙都修建在长沙。

长沙物候

刘献廷

长沙府二月初间,已桃李盛开,绿杨如线,较吴下气候约差三四十日,较燕都约差五六十日,五岭而南又不知何如矣。

[学其短]

◎ 本文录自刘献廷《广阳杂记》卷二,原无题。

看 衡 山

[念楼读]

都说泰山为五岳之首，可是南岳衡山的规模气势，实在超过了泰山，更不必说嵩山和华山了。

我来衡山，一走近山脚，便觉得它不同凡响。不像别的山靠一座主峰显示，衡山是群峰插天，峰峰各面，依远近高低，自然分出了层次。这里的每座山峰，各有不同的面貌，都可称秀丽奇崛；但它们秀而不媚，奇而不怪，没有犬牙裂齿、矫揉造作的小摆设相。正好比古时青铜器，也有填朱鎏金的，却绝不见斧凿痕，纯以古朴苍老的厚重感取胜。又好比杜甫的杰作，大气磅礴，用他恭维李白的"清新庾开府，俊逸鲍参军"来形容，那是远远不够的。

这便是我心目中的衡山。

[念楼曰]

既为名山，就必不是一般的山，就必有它不同于其他山（包括名山）的景色。用拟人化的语言说，也可称为山的个性。本文写出了衡山的个性，便能给人留下不一般的印象。

山尚以有个性为贵，而况人乎。奇怪的是偏偏有人主张都去做螺丝钉。螺丝钉是"标准件"，按标准成批制造，颗颗一样，绝不允许有任何差异，也就是个性。想想看这有多可怕，如果人人都成了"标准件"。就是世上的山水，若是都成了"标准件"，处处一样，还有人愿意出门旅游吗？

南岳

刘献廷

南岳规模宏阔,过于岱宗,无论嵩华初陟山麓,即觉气象迥别,群峰罗列,层层浮出,各极奇秀,而雄浑博大,绝无巉岩刻削之状,正如雷尊象鼎,虽丹碧烂然,而太朴浑沦之气,非鬼工匠手所能拟议,又如杜少陵诸绝作,必非清新俊逸超脱幽奇等目所可形容者也。

[学其短]

◎ 本文录自刘献廷《广阳杂记》卷二,原无题。

◎ 陟,登山。

瑰丽的雪

[念楼读]

在南岳,有一晚住宿在山麓一处叫"云开堂"的僧房里。半夜被大风雨惊醒,雨泻在屋瓦上如注如倾,风则把整栋房屋都吹得摇动起来。

第二天一早,知客僧来说,昨晚山上下了大雪。于是我穿衣出门,走到屋后,抬头望去,只见香炉峰以上一片白,高山密林全被晶莹洁白的雪覆盖起来。可香炉峰以下,却仍然还是绿色。眼中的全景,竟像翡翠盘中装满水晶白玉,有说不出的美丽和庄严。

此时风雨已小,但仍没停。遥想祝融峰顶上封寺里的人,恐怕还在看雪花飞舞吧。

平生所见过的雪,这一回可说是最瑰丽的了。

[念楼曰]

老实说,我是一个美感迟钝的人,从小就被讥为"缺乏艺术细胞",不会欣赏良辰美景,自己也完全承认。但不知为什么,我却特别喜欢下雪,尤其是下大雪,把一切都覆盖,使所有东西都改变了常态的大雪。

家人和朋友们都知道,我从来懒得出门,不愿走动。只有大雪天是例外,这时天亮得也特别早,我总是一早就收拾出门,到外面去走走。一边走,一边听着靴子踏在雪上,发出细碎的、带着点清脆的声音,好像在低语。平常看去永不会变的一切,至少暂时是改变了,这样真好啊!

雪景之奇

刘献廷

余宿衡山云开堂，时夜半梦醒，闻雨声如注。风撼屋宇，皆动。晓起，主僧来言夜来峰顶大雪。亟出屋后仰望，自香炉峰以上皆为雪覆，如银堆玉砌。香炉而下，依然翠霭千重。时风雨犹未止，想上封正在撒盐飞絮也。雪景之奇，于斯极矣。

[学其短]

◎ 本文录自刘献廷《广阳杂记》卷二，原无题。

◎ 上封，寺名，在衡山祝融峰顶。

◎ 撒盐飞絮，此用《世说新语》典故，见第4页注。

鸡 公 坡

[念楼读]

  彭岳放的家在善化县衙右首,地名鸡公坡,门前并无多人经过,显得很寂静。宅门之内,广植树木,虽在街巷之中,却有山林之致,可谓难得。

  门上的楹联是彭君自制的,写的是:

    白发添新,缕缕记一生辛苦;

    青山依旧,匆匆看百代兴亡。

从联语中,便可以想见其为人了。

[念楼曰]

  彭岳放其人待考。从本文看,他应是刘献廷在本地结识的友人。别一则云:

    袁文盛言湖南之妙,宜卜筑于此,为读书讲学地,柴米食物庐舍田园之值,较江浙几四分之一……而质人甚非之,以湖南无半人堪对语者,以柴米之贱,而老此身于荒陋之地,非夫也。

既然有人认为"湖南无半人堪对语者",那么这位"白发消穷达,青山傲古今"的彭岳放,岂不难得又难得,更值得珍重吗?

  在明清两朝,善化县和长沙县同为府城"附郭"之县,县衙同城,一南一北。如今长沙黄兴南路大古道巷,全长不到四百米,在1949年以前却分为三段,有三个名字,即大古道巷、鸡公坡、县正街。在鸡公坡和县正街的分界处,还有个地名叫"县门口"。刘献廷去过的彭岳放家,应该就在它的右边。

门联

刘献廷

彭岳放住善化县右鸡公陂，门径幽寂，有山林之致，书其门曰：白发消穷达，青山傲古今。读此联可想见其人矣。

[学其短]

◎ 本文录自刘献廷《广阳杂记》卷二，原无题。

◎ 陂，同"坡"。

孤 独 的 夜

[念楼读]

  康熙三十二年四月十七,从长沙水路往衡山,船夜泊在昭陵。半夜醒来,见月光从船篷空隙处射入舱中,明亮如同白昼,便再也睡不着了。伸头出外,只见长空万里,没有丝毫的云翳,就像水洗过一样干净,衬托着月亮更大更明。

  我呆呆地望着月亮,心情觉得极度的寂寥,不禁想起了从前所作的一首诗:

    孤独的夜晚,孤独的船。

    只能呆想着远方的月亮,

    是否也照着有人在无眠。

也是在十七日晚上写的,也是在舟中望月。不过现在离家更远,也更加凄苦了。

[念楼曰]

  久居城市,看星星看月亮已经成为遥远的往事。几年前不知是听说"五星联珠"还是"狮子座流星雨",半夜里也曾被孙儿辈的中学生拉到阳台上去过。但城市"亮化"以后的万家灯火抢尽了星月的光,加以老眼昏花,在模糊的天穹上终于找不着想看的天象。

  像曹操和李白所赞叹过的"星汉灿烂"和"明月光",像第谷和伽利略久观不倦的转旋的天球和明亮的星座,晚间只能在电视荧屏前消磨时间的我,在剩给我的不多的岁月中,恐怕再也见不着了。

舟泊昭陵

刘献廷

癸酉四月望后二日，舟泊昭陵，夜卧至夜半即觉，碧天如洗，皎月自篷隙照入舟中，如白昼也，对之凄然，予尝有诗曰：孤舟寂寂更无邻，惟有长安月照人。亦十七夜舟中也，而苦乐之致，不啻天渊矣。

[学其短]

◎ 本文录自刘献廷《广阳杂记》卷三，原无题。

◎ 昭陵，今属株洲，为江行必经处。

采 茶 歌

[念楼读]

去年在衡山县过元宵节,睡在床上听采茶歌,颇为喜欢它的音调,词句却一点也听不懂。

今年又来到衡山,又听了采茶歌。土话虽然还不能全懂,意思却总算能明白三四分。这才觉得,乡下妇女小孩子口里唱的歌,它们的意思、词句和表现方法,其实跟《诗经》里保存的古代民歌,距离并不很远。衡山老百姓的创作,差不多比得上"十五国风"了。

这也可以说是我对文学起源的一点见解,可叹的是在这里找不到人可以谈这些。

[念楼曰]

在南方乡村里,从前除了有人读书出外做官的富贵人家,家家户户吃茶都是靠自己,因而年年到时候都要采茶,都有人唱采茶歌。其实歌也不单在采茶时唱,大抵只要男女能有在家庭外接近的机会,劳作又不是太苦累,还有点剩余精力供宣泄,便可以对唱甚至对舞一番,元宵节自然也是个适宜的时候。20世纪五六十年代农村变化奇大,文化工作者一插手,真正的民歌于焉绝迹。虽然仍有采茶灯、采茶戏的名目,却已成为花鼓戏一样由文化馆主管的剧团,在演《浏阳河》之类的节目了。现在当然又有了新的变化,但卡拉OK、三点式都下了乡,采茶歌恐怕已经没有人会唱和要听了。

十五国章法

刘献廷

旧春上元在衡山县,曾卧听采茶歌,赏其音调而于辞句懵如也,今又来衡山,于其土音虽不尽解,然十可三四领其意义。因之叹古今相去不甚远,村妇稚子口中之歌,而有十五国之章法,顾左右无与言者,浩叹而止。

[学其短]

◎ 本文录自刘献廷《广阳杂记》卷四,原无题。
◎ 今又来衡山,"来"字原本作□,今以意补。
◎ 十五国,《诗经·国风》有十五国风。

双 飞 燕

[念楼读]

　　汉阳和汉口之间,隔着条襄河（汉水）；往来过渡,全靠一种叫"双飞燕"的小船。这种船由一个人驾驶,荡两支桨。两支桨一左一右,好像燕子的两只翅膀,"双飞燕"的名称便由此而来。

　　"双飞燕"的驾者站在船尾,两手同时荡桨,力量均匀,船走得快,而且十分平稳。收费也很低,一位客人只收两文钱,还不到一厘银子。如此便宜,所以有俗话道：

　　　　走遍天下路,只有武昌好过渡。

真是一点不假。

[念楼曰]

　　此文作于康熙三十年顷,过了一百五十年,道光二十年前后叶调元作《汉口竹枝词》,其十二云：

　　　　五文便许大江过,两个青钱即渡河。

　　　　去桨来帆纷似蚁,此间第一渡船多。

渡(襄)河仍然只收两个钱。若从汉阳、汉口到武昌,则要过大(长)江,水面宽得多,便得收五文,照想刘献廷时也是如此,不会大江小河一个价。而一百五十年间,收费一直没有变,即可见直到19世纪中叶,中国的社会经济还是"超稳定"的。

　　长沙五十多年前过江的划子,也就是"双飞燕",有风时偶有扯帆借力的,但不常见。

汉阳渡船

刘献廷

汉阳渡船最小,俗名双飞燕,一人而荡两桨,左右相交,力均势等,最捷而稳。且其值甚寡,一人不过小钱二文,值银不及一厘,即独买一舟亦不过数文,故谚云:行遍天下路,惟有武昌好过渡。信哉。

[学其短]

◎ 本文录自刘献廷《广阳杂记》卷四,原无题。
◎ 文,一枚钱。当时通用的制钱,中间有方孔,四边有文字,故一枚钱称一文。

子不语八篇

虫 吃 人

[念楼读]

　　明朝亡国的那一年，河南发生严重蝗灾。飞蝗每来一批，如同急雨利箭，吃光草木，便群集在人身上啃皮肉。婴儿若无保护，很快皮肉就会被啃光，整个被蝗虫吃掉。

　　开封的城门也被蝗虫塞满，交通为之断绝。祥符知县调来大炮，对准城门洞开炮，一炮轰开一条通道；不到一顿饭时间，城门又被飞蝗填满了。

　　过去读《北史》，见上面说北魏灵太后时闹虫灾，有许多人被蛾子吃掉了，现在才相信那是真的。

[念楼曰]

　　《论语》云："子不语怪力乱神。"就是说，孔夫子是不谈论怪异、暴力、淫乱、鬼神这类事物的。袁枚却将他这部笔记小说取名为"子不语"，专记这类事物。他在序文中表明了自己的观点：不能只吃大鱼大肉、海参鱼翅，也要尝尝通常不会吃的蚂蚁蛋酱和腌野菜；欣赏庙堂上演奏的正乐之后，无妨再听听少数民族的山歌。我以为他很有道理。

　　"怪力乱神"的记述，有些也有自然史和文化史的价值。蝗虫吃人和炮打蝗虫，对于研究昆虫和虫害的人，便是很有用的材料。何况还可以当作三百六十年前的新闻，可广见闻，可资谈助，岂不比讨论一些无聊话题更为有趣和有益吗？

炮打蝗虫

袁枚

崇祯甲申,河南飞蝗食民间小儿。每一阵来如猛雨,毒箭环抱人而蚕食之,顷刻皮肉俱尽。方知北史载灵太后时蚕蛾食人无算真有其事也。开封府城门被蝗塞断,人不能出入,祥符令不得已发火炮击之,冲开一洞,行人得通。未饭顷又填塞矣。

[学其短]

◎ 本文录自袁枚《子不语》卷十二。

◎ 袁枚,字子才,号随园老人,清钱塘(今杭州)人。

◎ 崇祯甲申,明思宗十七年(1644年),明亡国之年。

◎ 灵太后,姓胡名充华,北魏孝明帝之母,公元515年至528年掌权。

◎ 祥符,旧县名,当时河南省治和开封府治所在地。

死不松手

[念楼读]

雍正九年冬天，山西发生地震。介休县有个村子出现了地陷，塌陷处长宽有一里左右。其中有些房屋破坏严重，屋基成了深坑；有的整体陷没，被土埋了，房屋结构却大体完好。

事后有人掘出一户姓仇的宅子，仇姓全家人俱在，只是都成了僵硬的尸体，却不曾腐烂。家具杂物、锅盆碗盏等一切东西，也都完好无损。仇家的主人正在用天平称银子，在他的右手里，紧紧握着一个元宝，掰都掰不出来。

[念楼曰]

意大利的庞贝（Pompeii）古城，公元79年被维苏威火山爆发喷出的火山灰埋没，一千六百多年后开始出土，经过陆续发掘，也发现了不少受难者遗体，在六至七米深的火山灰堆积层中保存完好。其中也有正好在数钱时遇难的，手中仍紧抓着金币。山西人抓元宝，罗马人抓金币，都死到临头不松手。可见人同此心，心同此理，全世界的人，都把钱看得比命重。

康有为于光绪三十年（1909年）五月四日游庞贝，见"死尸人十四……皆作灰色，有反覆卧者，有作业者。其移至各国博物院者盖太多，存于此者不过此数。其衣服冠履，皆已黑霉……"大概这也和马王堆那具女尸一样，才出土时颜色如生，接触空气、日光后便迅速变质，自然不能像介休县仇姓主人那样虽死犹生了。

僵尸执元宝

袁枚

雍正九年冬,西北地震,山西介休县某村地陷里许,有未成坑者居民掘视之,一家仇姓者全家俱在,尸僵不腐,一切什物器皿完好如初。主人方持天平兑银,右手犹执一元宝把握甚牢。

[学其短]

◎ 本文录自袁枚《子不语》卷十二。

千 佛 洞

[念楼读]

　　甘肃肃州合黎山的顶上，有一处万佛崖，那里的几千个菩萨像，容貌俨然，如同生成的一般。有位章道台路过那里，亲眼见到过。

　　据说康熙五十年间，寂静的合黎山顶上，忽然听见有大声喊道：
"开不开？开不开？"

　　一连喊了几天，没人敢答应。后来有个牧童随口应了一声：
"开！"

　　立刻石裂山开，惊天动地，现出了这座万佛崖。

[念楼曰]

　　肃州即今甘肃酒泉，合黎山在其北。至今为止，甘肃已知的石窟造像，并没有在合黎山顶的。因此我想，这一则传说可能是甘肃境内别处佛教石窟造像被发现后不久开始形成的，"万佛崖"也可能就是后来闻名世界的敦煌"千佛洞"。

　　在前面我说过，讲"怪力乱神"的，有时也有自然史或文化史上的价值，但这需要披沙拣金，善于发现和别择。像这一篇讲牧童随口应一声"开"，立刻山石大开，出现了"天生菩萨像数千"，当然不可能是事实，只是"章淮树观察过其地"时听来的故事，袁枚以其"怪"而记录下来的。但甘肃确有万佛崖——千佛洞，内地士大夫过去并不知道，更从未前去看过，那么此篇实可谓为甘肃千佛洞的早期报道，有它文化史的意义。

肃州万佛崖

袁枚

康熙五十年肃州合黎山顶忽有人呼曰开不开开不开如是数日无人敢答。一日有牧童过闻之戏应声曰开顷刻砉然风雷怒号山石大开中现一崖有天生菩萨像数千须眉宛然至今人呼为万佛崖章淮树观察过其地亲见之。

[学其短]

◎ 本文录自袁枚《子不语》卷十六。
◎ 肃州，今甘肃酒泉。
◎ 合黎山，在今甘肃西部，与内蒙古西部交界。

大 榕 树

[念楼读]

　　云南楚雄碍嘉州有一处名叫者卜夷的地方,长着株特大的常绿树。树的根从地下长出来成为枝干又再往下进入地中,上下盘绕,连绵恐怕有上十里。远远望去,一株树简直成了一处林子。

　　人们走到此树下,只见那些树根树干,有的可以当作桌子、凳子、床铺,中空的可作为橱柜,住上十来户人家不成问题。只可惜树叶毕竟不能充当屋瓦,无法完全遮蔽风雨。

　　这种树的树根可以破土而出,向上生长成树干;干上发出的树枝又可以向下钻,钻到土里成为树根,真是奇观。

[念楼曰]

　　袁枚笔下的"楚雄奇树",从形态上看,可以知道便是岭南遍地可见的榕树,不过长得特别大罢了。

　　地球上陆地非常宽广,不必说七大洲,即是中国这几百万平方公里土地上,种类繁多的生物也是人的一生中难以遍见,更难以尽识的。袁氏能凭传闻将榕树的特点说对十之七八,已属不易。

　　养蚕取丝,织成丝绸,这是中国最早使得泰西人惊异的文明成就。可是古希腊人帕萨尼亚斯(Pausanias)说:

　　　　中国人用粟米和青芦喂养一种类似蜘蛛的昆虫,喂到第五年虫肚子胀裂开,便从里面取出丝来。(《希腊纪事》)

莫笑古希腊人记述失真,这却是他们好奇和注意观察记录的表现,不容轻视。

楚雄奇树

袁枚

楚雄府碍嘉州者卜夷地方，有冬青树，根蟠近十里，远望如开数十座木行。其中桌椅床榻厨柜俱全，可住十馀户。惜树叶稀不能遮风雨耳。其根拔地而出，枝枝有脚。

[学其短]

◎ 本文录自袁枚《子不语》卷二十三。

◎ 碍嘉，当时州名，今属云南楚雄双柏县。

卖 祖 宗 像

[念楼读]

有个小偷，白天进屋在人家厅堂壁上偷取下一幅画，卷起来拿着走到门口，正好碰上回家的主人。小偷急中生智，连忙跪下，双手举起画轴，对主人说：

"小的家中无米下锅了，这幅自家祖宗的画像，求求您买下它，给我一点买米的钱，或者给我几斗米，也是做了好事啊！"

主人听了，觉得卖祖宗遗像简直太可笑，也太荒唐了。于是想都没想，便挥手叫他快滚。

走进厅屋以后才发现，原来挂在那里的一幅赵子昂（孟頫）的画已经被刚刚碰着的这个人偷走了。

[念楼曰]

这可能是袁子才听来的一则笑话，未必实有其事。但当作"骗术奇谈"看看，也还有点趣味，能引人一笑。

在口头上流传的故事或笑话，属于民间文学的范围，研究它们的发生和演化、内容和情节，不仅有文学史的意义，也有社会风俗史的意义。像堂上挂字画，还有卖祖宗画像这类事情，都带有时代的色彩，后世的人未必清楚，这便是有意义的地方。一笑置之，固未尝不可；不置之的话，也是有学问可以供研究的。

如今祖宗画像和水陆道场画一样成了文物，公开拍卖，价钱还越来越高，"大笑，嗤其愚妄"的大概不会有了。

偷画

袁枚

有白日入人家偷画者。方卷出门，主人自外归。贼窘，持画而跪曰：此小人家祖宗像也，穷极无奈，愿以易米数斗。主人大笑，嗤其愚妄，挥叱之去，竟不取视。登堂，则所悬赵子昂画失矣。

[学其短]

◎ 本文录自袁枚《子不语》卷二十三。
◎ 赵子昂，名孟頫，号松雪道人，元代大画家。

装　嫩

[念楼读]

　　杭州范某娶了个老新娘，五十多岁，牙齿都掉了好些。她带来的箱笼里头咯噔噔地响，一看是盒子里装着两个核桃，都以为是偶然放在那里的。

　　谁知第二天早上梳妆时，新娘因为牙齿脱落，腮帮子凹进去，粉扑不匀，便喊丫鬟：

　　"把我的粉楦头拿来。"

　　丫鬟忙送上那两个核桃，新娘接过去塞进口中，一边一个，腮帮子凸起，粉就扑匀了。

　　从此，杭州人开玩笑，就把核桃叫作"粉楦头"。

[念楼曰]

　　金圣叹曰："人生三十未娶，不应更娶；四十未仕，不应更仕……何则，用违其时，事易尽也。"如今提倡晚婚，三十岁不结婚没什么不好，不过"用违其时，事易尽也"却说得不错。"年五十余，齿半落矣"的老太婆要再婚，已是"用违其时"；牙齿落了双颊内陷，扑粉无法扑匀了，硬要将"胡桃"塞进口里当"粉楦"，更是"用违其时"，使人觉得装嫩大可不必。

　　这是袁枚所在的乾隆朝时候的事情。如今人的寿命延长，五十几岁可能还不算很老，还可以搞搞"黄昏恋"。但六十几，七十几，八十几……总有老的时候吧。如果"用违其时"违得太过分，特别是太违背大众观感，太违反社会伦理，祖父辈找孙女辈做新娘，老奶奶找孙子辈做新郎，太引人"当新闻"也不必吧。

粉楦

袁枚

杭州范某娶再婚妇,年五十余,齿半落矣。奁具内櫜櫜有声,启视则匣装两胡桃。不知其所用,以为偶遗落耳。次早,老妇临镜敷粉,两颊内陷,以齿落故,粉不能匀。呼婢曰:取我粉楦来。婢以胡桃进。妇取含两颊中,扑粉遂匀。杭人从此戏呼胡桃为粉楦。

[学其短]

◎ 本文录自袁枚《子不语》卷二十三。
◎ 楦,放入鞋中将鞋面撑起的木制模型。

雁荡奇石

[念楼读]

南雁荡山有两块奇石，叫"动静石"，上下相叠，都有七开间的房子那么大。

在下的那块为"静石"，它是不动的，人可以躺在上头，用双脚去蹬在上的"动石"，哪怕蹬的是个七八岁的小孩，它也会轧轧地响着，摆开约一尺远，人一缩脚，又随即恢复原状了。

如果站着去推，即使十几个轿夫一齐用力，这"动石"仍丝毫不动。

天地间有些奇事，它的道理我一直弄不明白，此亦其一。

[念楼曰]

读高小时，教地理的先生给我看过一张照片，是印在一本什么书上的，正是"一人卧静石上，撑以双脚"的情形，当然"石轰然作声，移开尺许"是听不见也看不着的。先生还给讲解过支点、力点和重点的关系，这本是自然课的内容，结合生动的例子，印象更加深刻，不然怎能七十多岁了还记得。

我很少旅游，连名气大得多的北雁荡山都未到过，更别提南雁荡山了，也不知道这两块巨石现在还在不在。如果还在的话，何不将《子不语》这一节刻在石头上面，并根据物理学常识简单说明"其理"——物体的重心和力矩。既介绍了古人的记述，又普及了科学的知识，岂不好吗？

动静石

袁 枚

南雁宕有动静石二座,大如七架屋之梁.一动一静,上下相压,游者卧石上以脚撑之,虽七八岁童子能使离开尺许,轰然有声.倘用手推,虽舆夫十余人不能动其毫末.此皆天地间物理有不可解者.

[学其短]

◎ 本文录自袁枚《子不语续集》卷六。
◎ 南雁宕,即南雁荡山,在浙江平阳。
◎ 七架屋之梁:疑当作"七架梁之屋"。

砸 夜 壶

[念楼读]

　　山西人张某在如皋任县官，聘了杭州人王贡南当师爷。某次王贡南随张某乘船出行，夜间小解，用了张某的夜壶。

　　第二天，张某发觉以后，勃然大怒，说：

　　"咱山西人把夜壶当妻妾，这夜壶嘴巴是放啥东西进去的，能够让别人乱用吗？王先生你也太不讲规矩了。"一面骂，一面叫拿板子来，将夜壶砸得粉碎，丢进水中。又叫听差将王师爷连人带行李一起送上岸，径自开船走了。

[念楼曰]

　　夜壶为生活用具，本不便共用。但张县令生气的却不是别人用了自己的便壶，而是"乱用"了自己的"妻妾"。

　　性的独占性，盖出于雄性的本能。我们在电视屏幕上看《动物世界》，从海狗一雄管百雌，雄狮夺"位"后急于杀尽"前夫"留下的幼子这类事情上，感觉得到这种自然力是如何之强，根本不是人类的道德观念所能约束的。

　　但人类毕竟是人类，经过几百万年的进化，兽性总应该淡化到接近于零的无穷小了吧。可是歌颂唐太宗的功德，说他将"怨女三千放出宫"，此数量多出海狗三十倍，也只是他用不了的一小部分。

　　其实，"一夫多妻"的现象乃是一种"蛮性的遗留"，也就是兽性的遗留，现代文明社会不应该再有了。卖淫、包养、二奶之类事情实在是病态或变态的存在，唯愿他们早一些"式微"以至成为"无穷小"才好吧。

溺壶失节

袁 枚

西人张某作如皋令幕友王贡南杭州人．一日同舟出门贡南夜间借用其溺壶张大怒曰我西人俗例以溺壶当妻妾．此口含何物而可许他人乱用耶．先生无礼极矣即命役取杖责溺壶三十板投之水中而掷贡南行李于岸上扬帆而去．

[学其短]

◎ 本文录自袁枚《子不语续集》卷九。

阅微草堂笔记八篇

两个术士

[念楼读]

安中宽告诉我：吴三桂起兵时，术士某甲会占卜吉凶祸福，前往投吴。路上遇见某乙，也说要去投吴，二人便结伴同行。

夜间住宿时，乙将铺位开在西墙下。甲说："别睡那儿，这墙今天半夜时分会坍倒。"乙说："墙的确会倒，不过不会向内，而会向外倒。"到时候，墙果然向外倒了。

我觉得，安中宽讲的这个故事，不会是真的。如果甲、乙二人真能预知吉凶，也就能预知吴三桂会失败，怎么还会不远千里去投奔他呢？

[念楼曰]

前面介绍过陆游、陶宗仪、陆容、屈大均和龚炜等人的作品，基本上属于纪实，我以为是正宗的笔记。若冯梦龙和袁枚所写，虽然也有名有姓，则创作的成分居多，应该视之为小小说。

纪晓岚这八篇，都是从《阅微草堂笔记》中选出来的，名为笔记，亦是小说。纪氏题记亦谓："小说稗官，知无关于著述；街谈巷议，或有益于劝惩。"用小说来进行"劝惩"，即想它承担起教化的任务，事实上恐怕不大可能。比如说，我们早就不信"六壬"能卜吉凶了，这与看没看这一篇实在毫无关系；而那些烧香敬神求罪行不被揭发、畏罪潜逃还要请术士择日子的大小贪官，就是给他们看上一千遍，又岂能为他们破除迷信。

之所以选它，只因为它是篇好看的小小说，这就够了。

安中宽言

纪昀

安中宽言，昔吴三桂之叛，有术士精六壬，将往投之，遇一人，言亦欲投三桂，因共宿。其人眠西墙下，术士曰：君勿眠此，此墙亥刻当圮。其人曰：君术未精，墙向外圮，非向内圮也。至夜果然。余谓此附会之谈也。是人能知墙之内外圮，则知三桂之必败矣。

[学其短]

◎ 本文录自纪昀《阅微草堂笔记》卷一，原无题。
◎ 纪昀，字晓岚，清献县（今属河北）人。
◎ 安中宽，人名疑非实指，故不注，下同。
◎ 吴三桂，字长白，辽东人，叛明投清，后又叛清。
◎ 六壬，用阴阳五行占卜吉凶的方术。

自己不肯死

[念楼读]

听人说,某人在明末当御史时,有次扶乩,他向乩仙请问自己的寿命。乩示说他不久就会死,死期在哪年哪月哪日,讲得十分具体。某人为此忧心忡忡,谁知到时候却平安无事。

到了清朝,某人的官做得更大了。有一次往别人家去,正遇上扶乩。碰巧扶乩者和请来的乩仙都和上次相同,他便请问上次判的为何没有应验,乩示道:

"到了时候您自己不肯死,我有什么办法?"

某人低头想了一想,脸色大变,立刻起身,匆匆离开了。

原来上次乩示他的死期是甲申年三月十九日,正是崇祯皇帝吊死煤山那一天。

[念楼曰]

此篇构思精巧,讽刺深刻,是一篇上乘的小小说。

它讽刺的对象,是那位"在明为谏官,入本(清)朝至九列"的某公。当然,明朝不明,这是历史的事实,搞得亡了国,也是咎由自取。崇祯皇帝不肯做宋徽宗那样的"昏德公",由征服者当成俘虏或投降者养活着,而宁愿"君死社稷"一索子吊死在煤山,倒不失尊严。至于吃过明朝俸禄的人,是不是全得和他一同"殉国"呢?成千上万的"旧官吏"一齐"同日死",我看亦可不必;人的素质本来各自不同,岂能要求个个都是文天祥、史可法?但"九列"的地位总不该那么积极去争取吧。

乩判

纪昀

宋按察蒙泉言某公在明为谏官.尝扶乩问寿数.仙判某年某月某日当死.计期不远.恒悒悒届期乃无恙.后入本朝.至九列适同僚家扶乩.前仙又降某公叩以所判无验.又判曰.君不死我奈何.某公俯仰沉思忽命驾去.盖所判正甲申三月十九日也.

[学其短]

◎ 本文录自纪昀《阅微草堂笔记》卷二，原无题。

◎ 九列，即九卿，古时朝廷所设九个高级部门的主官，也可泛指朝廷大臣。

老 儒 死 后

[念楼读]

有个"走阴差"（生魂被神召去，办完阴间的差事后又还阳）的人，说是在阎王殿的走廊上，见到一位刚刚死去的老先生，站在那儿瑟瑟发抖。这时走过来一位判官，好像是老先生的熟人，热情地同他打过招呼后，和颜悦色地问道：

"你老先生天天讲无鬼论，说是没有鬼，那么今天该怎样称呼你呢？"

听了判官这话，旁边的鬼一齐哈哈大笑起来；再看那位老先生，却更加抖得缩成一团了。

这个故事是边随园先生讲给我听的。

[念楼曰]

世上到底有没有鬼这种东西，现在似乎已经不成其为问题，但在以前恐怕就很难干脆做出回答。那时候很多人的心中，或多或少总会留有些鬼的影子或记忆。

20 世纪五六十年代年曾出版过一本《不怕鬼的故事》，其实特地要来宣传不怕鬼，即是自己心中有鬼；若心中无鬼，又怎么会需要找那多鬼来考验人是怕还是不怕呢？

纪晓岚讲鬼故事，总要说明这故事是谁谁谁讲给他听的。这和他将书名叫作《如果我闻》一样，正说明他并不信鬼，故事都是"听来"也就是他自己创作的。决定来编《不怕鬼的故事》的人，我看恰好和纪晓岚相反，他不但自己心中有鬼，而且还真的很怕鬼。

边随园言

纪昀

边随园征君言:有入冥者,见一老儒立庑下,意甚惶遽。一冥吏似是其故人,揖与寒温毕,拱手对之笑曰:先生平日持无鬼论,不知先生今日果是何物?诸鬼皆粲然。老儒猬缩而已。

[学其短]

◎ 本文录自纪昀《阅微草堂笔记》卷四,原无题。
◎ 边随园,名连宝,清任丘(今属河北)人,曾召试鸿博,又举经学,辞不赴,故称"征君"。

鬼有预见

[念楼读]

徐某在福建当盐运使时,家中原本很正常,后来却连出怪事:箱笼锁得好好的,火却从里面烧起来;小老婆的头发,一觉醒来,竟被剪掉许多。——都是鬼来作怪。

不久,徐某便被罢了官,而且来不及动身离开福建就病死了。原来鬼有预见,知道徐的官做不长了,便来欺负他。

人走上风,鬼不敢放肆;走下风,鬼就目中无人。如此看来,鬼的确是"能知一岁事"的。

[念楼曰]

"山鬼能知一岁事",语出《史记·秦始皇本纪》:

三十六年,荧惑守心,有坠星下东郡,至地为石。黔首或刻其石曰:"始皇帝死而地分。"

……秋,使者从关东夜过华阴平舒道,有人持璧遮使者曰:"……今年祖龙死。"使者问其故,因忽不见,置其璧去。使者奉璧具闻,始皇默然,良久曰:"山鬼固不过知一岁事也。"

秦始皇是三十七年七月死的,三十六年已经有"黔首"在陨石上刻字咒他死,又有人在夜里拦住朝廷使者求他死(是求才会送上玉璧)。秦始皇明明知道,刻字送璧都是人干的,也只有人才干得了,"默然良久"后偏要说:"山里的鬼,也顶多晓得一年之内的事情吧。"真不知道他是有了预感呢,还是在自宽自解。

这个故事妙就妙在,"祖龙"始皇帝真的死了,徐道台也"未及行而卒"了。难道故事中的"鬼"真有预见吗?其实何尝有鬼,这鬼不过是人们的愿望呢!

徐景熹

纪昀

徐公景熹官福建盐道时,署中箧笥每火自内发而扃钥如故。又一夕窃剪其侍姬发为祟,殊甚。既而徐公罢归未及行而卒。山鬼能知一岁事,故乘其将去肆侮也。徐公盛时销声匿迹,衰气一至,无故侵陵,此邪魅所以为邪魅欤。

[学其短]

◎ 本文录自纪昀《阅微草堂笔记》卷六,原无题。

报　应

[念楼读]

人做坏事，常说天理难容；天理怎样昭彰，却谁也无法预测。又说善有善报，恶有恶报；却是有的报，有的不报；有的报得快，有的报得迟，也有报得很巧的。

我在乌鲁木齐时，有次吉木萨地方来报告，充军犯人刘允成因为无法应付债主的催索，被迫上吊自杀身亡。我叫办事员检出刘的档案准备注销，只见刘原判的罪名正是"重利盘剥，逼死人命"。这便是报应报得很巧的了。

[念楼曰]

社会不公平，便只能寄希望于"报应"。林彪摔死是报应，江青得癌症吊颈也是报应。在吃够了他们苦头的百姓心里，这样的报应，当然来得越快越好，越巧越好。

常言道"多行不义必自毙"，便隐含了"善恶到头终有报"的意思。"秦王扫六合，虎视何雄哉"，中国头一回大一统，如果他不焚书坑儒，不大肆诛杀的话，本不该只统治十五年。可是他偏要焚书坑儒，偏要大肆诛杀，有人在石头上刻了"始皇帝死而地分"，他破不了案便"尽取石旁居人诛之"。如此多行不义，"报应"自然来得快，身死国灭，连子孙都没能留下一个半个。

纪晓岚讲的这个"巧报应"，自己"重利盘剥，逼死人命"，结果也因"逋负过多，迫而自缢"，巧则巧矣，意义却不够广大。只有等着看秦始皇之类暴君的下场，人们才会有"得报应"的愉快。

天道乘除

纪昀

天道乘除，不能尽测，善恶之报，有时应，有时不应，有时即应，有时缓应，亦有时示以巧应。余在乌鲁木齐时，吉木萨报遣犯刘允成为逋负过多，迫而自缢。余饬吏销除其名籍，见原案注语云，为重利盘剥逼死人命事。

[学其短]

◎ 本文录自纪昀《阅微草堂笔记》卷八，原无题。
◎ 吉木萨，今吉木萨尔县，在乌鲁木齐东北。

死了还要斗

[念楼读]

山东嘉祥人曾英华给我讲过他的一次奇遇。

一个秋天的晚上，月色正明，他们几个朋友正在菜园旁边散步。忽然一阵旋风从东南方刮来，只见十多个鬼你扭着我，我抓住你，边打边骂。鬼话连篇，不甚了了，只听清一句两句，好像是在争论唯心唯物的问题。

难道讲斗争哲学斗一世还没斗够，做了鬼还要斗下去吗？

[念楼曰]

这一篇写十多个死鬼为争"朱陆异同"，居然打成一团，闹得不可开交。我想这只怕也是纪公的创作，有没有听鬼谈哲学的"嘉祥曾英华"其人呢，亦毋庸追究了。

我远不如纪晓岚，不曾有过"嘉祥曾英华"那样的朋友，更不曾听过"活见鬼"那样的奇遇。但"嘉祥曾英华"所见十余鬼所争的"朱陆异同"，却多少晓得一点。那是指南宋时朱熹和陆九渊二人在哲学思想、学术方法上的争论，后来变成了宗派之争，没完没了，令人生厌。

但"朱陆异同"之争亦只令人生厌而已。我所经历的"革命大批判"，则是"斗争哲学"的活学活用，其实与哲学完全不沾边，而给我带来的后果则远不止于"令人生厌"，却要严重得多了。

曾英华言

纪昀

嘉祥曾英华言，一夕秋月澄明，与数友散步场圃外，忽旋风滚滚自东南来，中有十余鬼互相牵曳且殴且詈，尚能辨其一二语，似争朱陆异同也，门户之祸乃下彻黄泉乎。

[学其短]

◎ 本文录自纪昀《阅微草堂笔记》卷十二，原无题。

◎ 朱陆异同，朱熹、陆九渊皆理学家，学派不同。

狐 仙 也 好

[念楼读]

老前辈陈句山先生有次迁居,搬家具时,先搬了十几箱书放在准备迁入的院子里。这时,仿佛听见院子旁边的树后面有小声道:

"这儿见不到这些东西,已经有三十多年了。"

去看树后,却什么人也没有。家人们以为一定是狐狸精,有些害怕。句山先生却说:

"能够说出这样的话来,狐仙也好啊。"

[念楼读]

是读书人家,才会有书,才会喜欢书。

陈句山乾隆初举博学鸿词,授翰林院检讨,确实是纪晓岚的前辈。他是有著作行世的人,家里的书自然不会少。

那在树后小声说话的狐仙,想必也是个喜欢书的。喜欢书喜欢到极点了,就会更进一步,不喜欢不喜欢书的人。三十余年不见书,也就是三十余年只能和不喜欢书的人住在一个院子里,当其见书箱而欢喜,忍不住要现"声"。

陈句山愿与此狐为邻,大约也是很不喜欢自己那些不喜欢书的同事、邻居和朋友的,当然这里面不会包括纪晓岚。

在《阅微草堂笔记》和《聊斋志异》里,狐仙比鬼往往更亲近人,更具人性,这一点外国人大概不容易理解,我们的研究者应该给他们做些解释。

陈句山移居

纪昀

陈句山前辈移居一宅,搬运家具时,先置书十余箧于庭,似闻树后小语曰:"三十余年此间不见此物矣。"视之阒如。或曰必狐也,句山掉首曰:"解作此语狐亦大佳。"

[学其短]

◎ 本文录自纪昀《阅微草堂笔记》卷十五,原无题。
◎ 陈句山,名兆仑,字星斋,清钱塘(今杭州)人。

贪官下地狱

[念楼读]

有个做知州的地方官,因为贪赃枉法横行霸道判了死刑。随后,地方上便出现种种传言,讲他完全是因为坏事做多了才受报应,将他下地狱受罪的情形讲得活灵活现,走刀山呀,下油锅呀,跟亲眼见到的一样。

我想这大概是此人作恶太多大家不解恨,才编出这些故事来。我哥哥晴湖那时还在,却另有一番说法:

"讲报应,当然只能是天报应。但天既没眼睛又没耳朵,只能通过人们来看来听;既然老百姓们都说他在遭报应,便是他实在该遭报应,也真的在遭报应了。"

[念楼曰]

纪晴湖的这番话,讲得实在是深刻极了。"新沙皇"时代,俄罗斯民间流传种种政治笑话,不正是"民言如是,是亦可危也已",后来在"苏东波"中一一都应验了吗?

我如今也托福住在老干部宿舍楼,时常听到传言,某个前书记、某个前省长被中纪委来人带走了,或者是被"双规"了。对此我总是笑答云,未必会有此事,只不过说明人们心里认为会出这种事罢了。这也就是"民言如是,是亦可危也已"了。

州牧即知州。清朝省以下分府、厅、州、县。州有两种,直隶州属省管,下可辖县,地位相当于府;单州则属府管,地位相当于县。

州牧伏诛

纪 昀

有州牧以贪横伏诛,既死之后,州民喧传其种种冥报,至不可殚书。余谓此怨毒未平,造作讹言耳。先兄晴湖则曰:天地无心,视听在民,民言如是,是亦可危也已。

[学其短]

◎ 本文录自纪昀《阅微草堂笔记》卷十五,原无题。

扬州画舫录九篇

飞 堉

[念楼读]

　　扬州城外运河两岸，有不少可以游观的处所，其中一处叫"叶公坟"，是明朝一位姓叶的刑部侍郎的墓地。墓后有座十多丈高的土山，墓前流过一条小河（河上建了座石桥，本地人叫它"叶公桥"）。此处地形像骆驼耸起个驼峰，算得上一景。墓前建造了石牌坊、石香案，还修筑了墓道。墓道两旁，排列着石人石马。

　　清明前后，扬州人常来这里放风筝，还玩一种叫"飞堉"的游戏：先在石人头上搁些瓦片，再用瓦石去掷，看能否击中，以预测自家的运气。

　　重阳到叶公坟登高，也成了扬州的风俗。

[念楼曰]

　　屈大均的《广东新语》，天、地、山、水、食、货、动、植无所不包，自称为"广东之外志"；李斗的《扬州画舫录》，覆盖面只限于扬州，又专录居民的社会文化生活，"琐细猥亵之事，诙谐俚俗之谈，皆登而记之"，亦有其不可代替的价值。这类专记地方风土的书，在汗牛充栋的历代笔记中，本来就是凤毛麟角，正是我的兴趣所在。

　　纸鸢、飞堉，都是儿童喜欢的游戏。飞堉在长沙一带称为"打碑"，在僻巷中、井台旁都可以玩，亦不必以石人头作为目标，就在地上将瓦片码成小塔，站在丈许外以瓦砾击之，以一击能中者为胜，如能只削去塔尖不波及塔身，则够得上称大哥了。

叶公坟

李 斗

叶公坟明刑部侍郎叶公相之墓也。墓后土阜高十余丈,前临小迎恩河,右有石桥。土人称之为叶公桥,相传为骆驼地。其上石枋石几、翁仲马羊陈列墓道。里人于清明时坟上放纸鸢,掷瓦砾于翁仲帽上以卜幸获,谓之飞堉。重阳于此登高,浸以成俗。

[学其短]

◎ 本文录自李斗《扬州画舫录》卷一,原无题。

◎ 李斗,号艾塘,清仪征(今属江苏)人。

僻 静 得 好

[念楼读]

　　桃花庵妙就妙在僻静得好。到那里去，先得过长春桥，再沿着溪流走进山谷。这条路相当险峻，很不好走。要走上一段，才会发现，溪水在两山之间汇成了一个湾。湾虽不大，却在两边都有山脚形成的小岛。岛上各有一小亭，叫作"螺亭"和"穆如亭"。走过小岛和小亭，人就到了桃花庵的石阶下，溪水也一直到了庵前。

　　庵门上有做盐运使的朱某人的题额。坐在洁净的石阶上，弯腰便能接触到洁净的水，洁净到简直可以掬起来漱口。一群白色的水鸟，羽毛刚刚长满，在水中尽情嬉戏。这里溪水既深，游人又少，看得出它们的自由和快乐。

[念楼曰]

　　门口的石阶上能坐人，坐着还能弯腰掬水，漱口润喉，看成群水鸟自在游戏，这真是一处人和鸟都能"得人稀水深之乐"的既僻静又能休闲游览的好处所。

　　我以为，休闲游览之处，第一就是要静。要静先得人稀，如果不是人稀而是人密，成了游乐场，便只有热闹，无从安静了。何处人才会稀而不密呢？那就得找寻僻处。山径很不好走，过了小澳还要过小屿才能到的桃花庵，大概就是这样的僻静处。不然的话，这里的水鸟早已惊飞，门前的水也断然无法进口了。

桃花庵

李斗

桃花庵僻处长春桥内,过桥沿小溪河边折入山径嵲嶪难行,小澳夹两陵间屿亦分而为两,左右有螺亭穆如亭屿竟。琢石为阶,庵门额为朱思堂转运所书。溪水到门,可以欹身汲流漱齿,中多水鸟,白毛初满时得人稀水深之乐。

[学其短]

◎ 本文录自李斗《扬州画舫录》卷二,原无题。
◎ 嵲嶪(dié niè),形容山势高峻。
◎ 朱思堂,即朱孝纯,字子颖,清东海(今山东郯城西)人。

茶楼酒馆

[念楼读]

　　（天宁门）大街的西边，有家餐馆叫"扑缸春"。到扬州城外游玩的人，饱览湖光山色后，满脸高兴，想找人说话，进城后多半在这里歇脚，一边享受扬式菜肴的美味，一边互相叙说感受和见闻。

　　街西边还有一处著名的茶馆，叫"青莲斋"，是安徽六安山里的和尚们开的。和尚们自有茶园，春夏两季在山里采茶制茶，秋冬两季便进了城，到店里来帮着卖茶。上东门这边游玩的客人，大都会到这里买茶，作为一天的饮料。

　　青莲馆里面挂着一副对联：

　　　　从来名士能评水，自古高僧爱斗茶。

此乃郑板桥的手笔。

[念楼曰]

　　此文写扬州一条热闹大街上的茶楼酒肆，只介绍了两家，因为抓住了特点，几十个字便能给人留下鲜明的印象。

　　"扑缸春"过去称酒肆，现在叫餐厅，因为位置靠近"游屐入城"之处，客人多是"山色湖光（是平山堂的山色和瘦西湖的湖光吧）带于眉宇"的游客，这便是它的特点。

　　"青莲斋"的特点更明显，它乃是六安山里的和尚来扬州卖六安茶的店子。六安茶，这可是大观园里栊翠庵中妙玉捧给王夫人、凤姐她们吃的茶啊！只有贾母才说："我不吃六安茶"。

扑缸春

李斗

扑缸春酒肆在街西,游屐入城,山色湖光带于眉宇,烹鱼煮笋,尽饮纵谈率在于是。青莲斋在街西,六安山僧茶叶馆也。僧有茶田,春夏入山,秋冬居肆东城游人皆于此买茶供一日之用。郑板桥书联云,从来名士能评水,自古高僧爱斗茶。

[学其短]

◎ 本文录自李斗《扬州画舫录》卷四,原无题。

◎ 六安,今安徽六安市。

◎ 郑板桥,名燮,清兴化(今属江苏)人,书画名家,"扬州八怪"之一。

演 法 聪

[念楼读]

　　扬州的戏班里,扮演二花脸最出名的要数蔡茂根。我看过他演《西厢记》里的法聪和尚,大吼一声跳上台,怒目圆睁,胳膊收紧;再猛然两肩一沉,双拳齐出,好一个亮相,真是演活了一个跃跃欲试的莽和尚。叫他打出普救寺去搬救兵,他兴奋得摩拳擦掌,一连串大动作,头上的和尚帽抖得摇摇欲坠。

　　台下看戏的人越来越紧张,生怕和尚帽子掉下来露出了头发。蔡茂根却若无其事,仍然做他的大动作,头上的帽子也仍然摇摇欲坠,一直到终场。

[念楼曰]

　　古人笔记中的戏剧史料,以《陶庵梦忆》写得最为生动。这一条写演员表演,似可与陶庵比美。中国戏的表演都是夸张的,但演得传神,也能使观众感情激动。这就需要演员自己先投入整个身心,"兴会飙举"才行。

　　小花脸在戏中一直是配角,但高明的演员凭精彩的演技,也可以大获成功。蔡茂根能让头上的和尚帽子摇摇欲坠,马上要掉落下来似的,使得满场观众都替他捏着一把汗。和尚帽子掉下来,露出的却不是一个光头,岂不露馅了吗?可是他却"颜色自若",像是完全不觉得,于是观众们更担心、更紧张,他的表演也更加讨好。

　　这便是二面蔡茂根的本事,也是《扬州画舫录》作者的本事。

二面蔡茂根

李斗

二面蔡茂根演西厢记.法聪瞪目缩臂.纵膊埋肩搔首踟蹰兴会飙举不觉至僧帽欲坠斯时举座恐其露发茂根颜色自若.

[学其短]

◎ 本文录自李斗《扬州画舫录》卷五，原无题。

男 旦

[念楼读]

魏长生艺名三儿，从四川出来，演红了各地舞台。四十岁时，江鹤亭邀请他到扬州来演出，一出戏的酬金就是一千两银子。

某天他乘船游湖，消息传出，扬州花船上的妓女，全都打扮整齐，催船追看魏三儿。一时桨碰桨，船挤船，衣香鬓影，简直把湖水都搅开了。魏长生却萧然自若，态度和平常一样闲远。

[念楼曰]

妓女争看男戏子，性心理属于正常，和现在女人们追捧男艺人没有什么不同。不过在李斗的时代，普通妇女（更不要说大家闺秀了）没有这种自由，所以只能由妓女来代表。她们那时候的"发烧"劲，亦不过多熏一点香，多给几个钱叫船夫用力划桨，比起如今的女学生跳上舞台去抱着"哥哥"狂吻，或者因为"偶像"不肯给签名便投水自杀，实在还很"保守"。

魏长生是一名男旦，在1919年以前，男旦和"相公"乃同义词，尽人皆知，老实说没什么自尊好讲。《海上花》中所写长三痛打相公，是妓女恨男旦抢走生意，是"同行相妒忌"，不将其视为异性，而将其当成做皮肉生意的同行。因为男旦毕竟是男人，本应该由女人来看来追。你像魏三儿这样成为有钱有势的男人们"一掷千金"的玩物，实在是变态社会中才有的现象，只能说是正常的了。

魏三儿

李斗

四川魏三儿,号长生,年四十来郡城,投江鹤亭,演戏一出,赠以千金。尝泛舟湖上,一时闻风妓舸尽出,画桨相击,溪水乱香。长生举止自若,意态苍凉。

[学其短]

◎ 本文录自李斗《扬州画舫录》卷五,原无题。

丝竹何如

[念楼读]

"知己食"是一家餐馆的招牌。那里的老板兼主厨姓杨,他创造了一种新式的烧烤方法做熏肉,很是有名。

餐厅里有块匾额,四个大字是"丝竹何如",顾客都不太明白它的意思。有人说是用王羲之的话,"虽无丝竹管弦之盛,一觞一咏,亦足以畅叙幽情",意思是此处宜于"觞咏",即适合饮酒赋诗。有人则说是用桓温的话,"丝不如竹,竹不如肉",意在宣传这里的"肉"即熏烧肉。众说纷纭,莫衷一是。

其实饮食店的招牌,本意只在标新立异,吸引顾客,也不必硬要做十分确切的解释吧。

[念楼曰]

取招牌,或者说取名字(店名、商标文字等),的确需要一点巧思。清末有家酒楼取名"天然居",两边的对联是:

　　　客上天然居,居然天上客

还有美国奶粉品牌 KLIM(克宁)的四个字母,颠倒过来正是 MILK(牛奶),都是好例。

"知己食"和"丝竹何如",都是走偏锋,用使人特别的方法来吸引人注意。顶极端的例子还有一个:《东观汉记》记西南夷"白狼王唐菆"作歌诗颂大汉之德曰"推潭仆远……",无人能解,犍为郡掾由恭平素与少数民族交往多,始译为"甘美酒食……"。清代京城有家餐馆用"推潭仆远"做招牌,一下便吸引了京城人的目光。

知己食

李斗

知己食在头桥上宰夫杨氏工宰肉。得炙肉之法谓之熏烧肆中额云丝竹何如人皆不得其解或以虽无丝竹管弦之盛语解之谓其意在觞咏或以丝不如竹竹不如肉语解之谓其意在于肉然市井屠沽每藉联匾新异足以致远是皆可以不解解之也。

[学其短]

◎ 本文录自李斗《扬州画舫录》卷七，原无题。
◎ 虽无丝竹管弦之盛，见王羲之《兰亭集序》。
◎ 丝不如竹竹不如肉，见陶渊明《晋征西大将军长史孟府君传》。"竹不如肉"的"肉"指人的歌喉。

以 眼 为 耳

[念楼读]

　　二钓桥南的明月楼茶馆,紧挨着二道沟水道。二道沟是淮水的一条支流,但涨潮时长江的水也会进来。所以,能够同时用淮河的水和长江的水给客人泡茶,也就成了明月楼的一大特色。

　　因此明月楼的生意特别好,总是客人满座,笑语喧天。加上许多人都带着笼养的鸟儿来坐茶馆,鸟儿聚会,叫得更欢。茶客之间交谈,如果隔了一两张桌面,便根本听不清,彼此得依靠表情和手势。

[念楼曰]

　　研究中国城市史,了解古代中国的城市生活,有几部书籍真是十分重要。北宋时的开封有《东京梦华录》,南宋时的杭州有《武林旧事》,明代的北京有《春明梦馀录》,清朝极盛时的扬州则有这部《扬州画舫录》。而论材料之富赡,见解之明达,文字之生动,则后来居上,前三者均有所不及。

　　《扬州画舫录》最优胜的一点,就是注意普通市民的日常生活,光是写茶楼酒馆的便有好多条。在太平盛世时,这类地方最能反映出市民生活的逸豫丰腴,看起来也饶有趣味。明月楼中的喧阗嘈杂,"以眼为耳"四个字便写尽了。当然乱世中或暴政下的茶楼酒馆里有时也人声鼎沸,但气氛情调则大不相同,用心便能分辨得出。

明月楼

李斗

明月楼茶肆在二钓桥南南岸外为二道沟中皆淮水逢潮汐则江水间之肆中茶取于是饮者往来不绝人声喧阗杂以笼养鸟声隔席相语恒以眼为耳。

[学其短]

◎ 本文录自李斗《扬州画舫录》卷七,原无题。

同 声 一 哭

[念楼读]

　　珍珠娘是个妓女的花名。她本姓朱，十二岁便以唱歌出名，成了吴家的养女。陪酒卖笑的生活，使她年纪轻轻就染上了肺病，但仍不能不用心打扮，勉力应酬。每次梳头，头发就像霜叶经风，纷纷下落，这时她总忍不住伤心。

　　珍珠娘的客人中有一个同情她的人——诗人黄仲则。仲则见到我，总用怜惜的口吻谈起珍珠娘，谈起她的病和愁，谈时他常常忍不住伤心流泪。

　　珍珠娘死时才三十八岁。几年以后，仲则为谋事远走山西，死在绛州，死时也才三十八岁。

[念楼曰]

　　黄仲则生前穷愁潦倒，身后却名满天下。我少年时常把《两当轩集》放在枕边，尤喜吟诵"独立市桥人不识，一星如月看多时"。郁达夫写黄的那篇《采石矶》，更是我爱读的小说。黄和珍珠娘有这么一段感情，却是看《扬州画舫录》后才知道的。

　　从《画舫录》看，珍珠娘年纪比黄仲则要大好几岁，且患肺病，"每一樺杓，落发如风前秋柳"，又病又老（旧时妓女年过三十即"老"了）。黄仲则少年名士，虽然无官位无钱财，在诗酒场中还是受人瞩目的，却每天陪着她梳头，对朋友谈起她时还"声泪俱下"。我想联系他和她的肯定不全是性，而是人间自有的真情，真值得同声一哭。

珍珠娘

李斗

珍珠娘姓朱氏，年十二工歌，继为乐工吴泗英女，染肺疾，每一桦枥落发如风前秋柳，揽镜意慵，辄低亚自怜阳湖黄仲则见余，每述此境，声泪齐下。美人色衰名士穷途，煮字绣文，同声一哭。后以疾殒，年三十有八。数年后仲则客死绛州，年亦三十有八。

[学其短]

◎ 本文录自李斗《扬州画舫录》卷九，原无题。

◎ 桦枥，疑当作"桦栉"。桦是一种白色的木，桦栉是用白木做的梳子，引申为用梳子梳头发。

◎ 阳湖，旧县名，属江苏，后并入武进县（今武进区）。

◎ 黄仲则，名景仁，清武进人，以诗著名。

◎ 绛州，今山西新绛。

苏州泥人

[念楼读]

　　扬州出产的泥人，形态生动，外加彩绘，制作方法和苏州的"不倒翁"相同，却以人物故事不断翻新取胜。戏园子里上演的新戏，如《倒马桶》《打盏饭》《杀皮匠》《打花鼓》……很快都做成了泥人。两个一组的叫一对，三个以上一组的叫一台。价钱都卖得很贵，简直超过了宋朝的名牌泥人"鄜畤田"。

[念楼曰]

　　"拔不倒"别的书中多写作"扳不倒"，应是对的，现则称为不倒翁。"鄜畤田"，《老学庵笔记》云"鄜州田氏作泥孩儿名天下"，末又云"鄜畤田玘制"。鄜畤即鄜州，今陕西富县，田玘则是田氏的代表，制作泥人儿的手工艺人。古时不重庶民，手艺人能在文人笔下留名，很不容易。

　　"扳不倒"即不倒翁，这种玩具下部是重心所在，又做成半球，故可扳而不倒，即使用手按住它，一松手又起来了。中国历来尊老，小孩在家中没什么地位，有个泥做的白须白发的老头儿，能够扳倒他几下，也会给儿童一种心理上的愉快。

　　至于要将多个泥人做成一台戏，工艺就复杂多了。《倒马桶》这等戏没看过，《打花鼓》在湖南乡下演出，至少一旦一丑，动作幅度都很大，表情又丰富，用泥塑表现并不容易。若要像天津泥人张做《钟馗嫁妹》尤其是《寿怡红群芳开夜宴》，则更难矣。

雕绘土偶

李斗

雕绘土偶，本苏州拔不倒做法，二人为对，三人以下为台，争新斗奇，多春台班新戏，如倒马子、打盏饭、杀皮匠、打花鼓之类，其价之贵甚于古之郿畤田所制泥孩儿也。

[学其短]

◎ 本文录自李斗《扬州画舫录》卷十六，原无题。
◎ 三人以下，按现在的说法，应该是"三人以上"的意思。
◎ 郿畤田，详见第 39 页陆游《郿州田氏》。"畤"原误作"志"，今改。

两般秋雨庵随笔八篇

座 右 铭

[念楼读]

"如今谈起用人,总埋怨人不容易安排出去;其实这只能怨进人进得太多,不管哪里来的都接收,太浮滥了。

"如今谈起用钱,总埋怨钱不容易弄进来;却不知这只能怨花钱花得太多,各种开支太大了。"

明朝人吕坤的这两句话,当官和当家的人,都值得好好听一听,想一想。

[念楼曰]

吕坤是一个有学问、有见识的人。周作人民国十二年(1923年)曾撰文介绍他的《演小儿语》,认为"颇有见地",并曾在北京大学《歌谣周刊》上全文转载。

吕坤又是一个做过官、办过事的人。他在万历年间成进士后,官至山西巡抚、刑部侍郎,史称其"举措公明,立朝持正","以是为小人所不悦",上疏陈天下安危,朝廷又"不报"(不予理会),于是中年就辞官归隐,专事著述,以学者终老了。

吕坤绝不是不谙世事的书呆子,他的有些格言,确实"可为居官居家者座右铭"。从古书中找"管理经验",这是改革开放以来才有的"课题",在这方面亦不必只抄《管子》《盐铁论》,随笔杂书中的材料也可以看看。

吕叔简语

梁绍壬

明吕叔简云：今之用人，每恨无去处，而不知其病根在来处；今之理财，每恨无来处，而不知其病根在去处。二语可为居官居家者座右铭。

[学其短]

◎ 本文录自梁绍壬《两般秋雨庵随笔》卷一。
◎ 梁绍壬，号晋竹，清钱塘（今杭州）人。
◎ 吕叔简，名坤，号新吾，明宁陵（今属河南）人。

不白之冤

[念楼读]

　　通政司陈句山先生，年纪已经过了六十，胡须却全是黑的，还没有白一根。裘叔度先生是陈先生的好友，见了陈，便跟他开玩笑道：

　　"莫怪别人不敬你老，只怪你的胡子不肯白，给你造成了'不白之冤'啊！"

[念楼曰]

　　陈兆仑（句山）和裘曰修（叔度），都是清乾隆朝的名人。陈是雍正进士，乾隆初举博学鸿词，入翰林院，诗文和书法都为人称赏，官至通政使。裘是乾隆进士，参编《太学志》《西清古鉴》《石渠宝笈》等书籍，历任三部尚书。这篇短文是一则小小的名人逸事。

　　此类小记事、小语录，完全没有什么重大的意义，就只是好玩。无伤大雅，却可以使人莞尔一笑，精神上偶尔放松一下，便于心理健康有益。有的进行讽刺或谐谑，亦各有其功用，却是别一类。如今记"名人"，记"明星"，多注意八卦绯闻，往往猥亵油滑，堕入恶趣，则是下流行径，在避谈闺阃的古人那里，倒是极为少见的。

　　附带说一下，《西清古鉴》四十卷和《石渠宝笈》四十四卷，分别著录内府所藏的古代铜器和历朝书画，至今仍是研究文物的重要参考书。

不白

梁绍壬

陈太仆句山先生年逾耳顺,须尚全黑。裘文达公戏之曰:若以年而论,公须可谓抱不白之冤矣。

[学其短]

◎ 本文录自梁绍壬《两般秋雨庵随笔》卷二。
◎ 陈太仆,即陈句山,见第181页注。
◎ 裘文达,名曰修,字叔度,清江西新建人。

警　句

[念楼读]

　　北宋末年的学者刘子明隐居乡下，坚决不出来做官，徽宗皇帝曾给他赐号"高尚先生"。他有几句话，是在给友人王子常的信中说的：

　　"人们用嗜好杀害自身，用财富杀害子孙，用政府行为杀害国民，用学术理论杀害人类。"

　　此话初听觉得有点吓人，仔细想想，恐怕确是如此。

[念楼曰]

　　嗜好如果于健康不利，于道德有碍，于社会有害，是有可能杀害自身的，如吸毒、聚赌、滥淫……

　　财富也有可能杀害子孙，大少爷恣意妄为，以致犯下死罪，如20世纪80年代初上海枪毙的几名高干子弟。

　　"高尚先生"的头两句，乃是人所能见，人所能言的。

　　政府行为杀害国民的事实，古往今来，并不少见。秦始皇修长城造陵墓，日本侵略者制造南京大屠杀，希特勒清洗犹太人……都死了成千上万。万里长城、南京大屠杀纪念馆、奥斯威辛……至今还在，可以为证。

　　秦始皇、东条英机、希特勒……的"政府行为"，都是有理论做指导、为依据的。李斯在咸阳宫的长篇发言，东条英机当首相时的就职演讲，《我的奋斗》和"德国德国,高于一切"的歌词……白纸黑字，赖也赖不掉。

　　这后两句，未必人人都能看出，都敢说。"高尚先生"能够如此简单明白地把它说出来，确可称警句。

刘子明语

梁绍壬

宋刘卞功字子明,隐居不仕,赐号高尚先生。答王子常书曰:常人以嗜欲杀身,以财货杀子孙,以政事杀民,以学术杀天下后世。语甚奇辟。

[学其短]

◎ 本文录自梁绍壬《两般秋雨庵随笔》卷一。

◎ 刘卞功(原本误作刘十功),字子明,北宋末安定(今河北保定)人。

◎ 王子常,刘卞功之外兄,余未详。

蔡京这样说

[念楼读]

北宋时候,吴伯举做苏州太守。蔡京那时对他十分赏识,当宰相后,立刻推荐他入京任职,又一连三次提拔,使他担任了相当于中央政府副秘书长的高官。吴伯举却不能事事同蔡京保持一致,于是后来被贬到扬州当地方官去了。有人为吴伯举不平,向蔡京提意见。蔡京说:

"既要做官,又要做好人。吴伯举他也不想想,这两件事情是兼顾得来的吗?"

[念楼曰]

要做官,便不能做好人。蔡京这样说,他也是这样做的。

司马光执政时,蔡京任开封府。司马光停止"新政",恢复"差役法",限期五日实行。大家都说办不到,只有蔡京雷厉风行,如期完成,因而受到表扬。可很快司马光下了台,章惇又上了台,重行"雇役法",蔡见风转舵,更加雷厉风行,遂得一路升官,终于取章惇而代之,当上了首相。

蔡京确实不怕做恶人,他当权时尽贬支持司马光诸臣,称为"奸党",又籍没批评"新政"者,称为"邪等",共三百零九人。他对这些人的子孙亦予以禁锢,并将姓名刻石立碑,决心办成"铁案",做恶人做到底。

好在恶人到底做不太久。蔡京和他儿子的官,做到金兵南下时终于还是丢掉了,父子还先后送了命。

丧心语

梁绍壬

宋吴伯举守姑苏,蔡京一见大喜,入相首荐其才,三迁中书舍人,后以忤京落职,知扬州,客或有以为言者,京曰:既做官又要做好人,两者可得兼耶,此真丧心病狂之语。

[学其短]

◎ 本文录自梁绍壬《两般秋雨庵随笔》卷一,原无题。

◎ 蔡京,字元长,北宋末为太师,仙游(今属福建)人。

◎ 吴伯举,未详。

女人之妒

[念楼读]

　　山东人张映玑在浙江当盐运使，他的性情平易近人，尤其喜欢开玩笑。某天坐官轿出门，有个女人拦着他的轿子喊冤，状告丈夫宠爱小老婆欺压她。张映玑接过状纸一看，便笑着用学来的杭州话对她说：

　　"阿奶！我这个官职只管盐事，不管民事，只管得人家吃盐，管不得人家吃醋啊！"

　　随即吩咐手下人好好地劝那个女人回家去。

[念楼曰]

　　用"吃醋"形容男女之间产生的嫉妒，不知始于何时。元人杂剧、明人话本中，即已常见此语，但我想一定还要早得多。因为这种情感恐怕是人类与生俱来的，亚当和夏娃离开了乐园，有了第三者、第四者……其爆发即无法避免。《旧约》云"爱情如死般坚强，嫉妒如地狱般残忍"，只此一语，便可见它的厉害和无法克服。

　　无论是民间或士大夫间的笑话，笑"吃醋"的都不少，对象则差不多全是女人，这是很不公平的。古时男人可以有多个女人，对她们实行独占；女人则"淫"和"妒"都犯"七出"，有一条便可以被逐出夫家。其实女人也是人，既然是人，便有人的权利和需要，应该得到尊重。要求女人都不"吃醋"，都做《浮生六记》里的芸娘，一心为丈夫谋娶小老婆，实在不合情理，也是不可能的事。

吃醋

梁绍壬

浙江转运张映玑,山东人,性宽和善滑稽。一日出署,有妇人拦舆投呈,则告其夫之宠妾灭妻者也。公作杭语从容语之曰:阿奶我系盐务官职,并非地方有司。但管人家吃盐事,不管人家吃醋事也。笑而善遣之。

[学其短]

◎ 本文录自梁绍壬《两般秋雨庵随笔》卷二。

借 光

[念楼读]

写《围炉诗话》的吴修龄说：

"现在作诗的人，总喜欢依附名家，标榜什么体什么派。不禁使我想起苏州一户人家送葬的铭旌，长长的白布幔上面写着的大字是：

大明太子少保文渊阁大学士申公隔壁王阿奶之灵柩

我想，这样的铭旌，请那些一心想依附名家的人们高高举起，走在什么门派的队伍前头，大概也还合适。"

吴氏的话说得挖苦了一些，但是对趋炎附势的人，刺他们一下也好。

[念楼曰]

大学士就是宰相，为文职最高官，正一品。少师即太子少保（长沙有席少保祠），为仅次于太子太保的荣誉头衔。大学士加少师衔，等于现在常务副总理，申公的荣光自不待言。但这和隔壁的王娭毑有什么关系呢？除了隔壁邻居这一点外，实在可以说毫无关系。

明明没有什么关系，偏要扯上关系，目的全在借光。王阿奶家，小门小户，想把丧事办得光彩一点，未尝不情有可原；但扯得太没有边了，效果又会适得其反。若是编得质量不怎么样的丛书硬要找大学者挂名主编，写得并不出色的作品硬要请名人给它作序，岂不同样令人齿冷？还不如像《儒林外史》里的戏子鲍文卿，死后铭旌就题"皇明义民"四个字，只要有老友向鼎来题。

诗傍门户

梁绍壬

吴修龄《围炉诗话》云：今人作诗动称盛唐，曾在苏州见一家举殡，其铭旌云：皇明少师文渊阁大学士申公间壁豆腐店王阿奶之灵柩。可以移赠诸公。此虽虐谑，然依人门户者可以戒矣。

［学其短］

◎ 本文录自梁绍壬《两般秋雨庵随笔》卷三。

◎ 吴修龄，名乔，一名殳，清初太仓（今属江苏）人，著有《西昆发微》《围炉诗话》等。

立 威 信

[念楼读]

　　明朝初年,一位监生出身的官员,当了都察院的都御史。科第出身的御史们看不起他,约了几个即将出差到外省去巡按的,一同去请他训示,想试试他的斤两。

　　谁知他竟毫不推辞,立即接见,放大声音讲的重话却只有两句:"从这里出去,不要使人害怕;回到这里来,不要让人笑话。"

　　这两句话一说出来,从此全院上下,再没人敢小看这位学历不硬扎的新主官了。

[念楼曰]

　　这里讲的是一位原来被下属看不起的主官,如何为自己树立威信的故事。

　　科举时代,由秀才、举人、进士一路考上去,经过殿试分派官职,叫作正途出身,资格才过得硬。监生本来是进京师国子监读书的生员,后来则多由父兄功勋或捐纳银两取得的空名,等于现在得奖或买来的文凭,为读书人所看不起。

　　都掌院即都察院,为最高监察机关,且有奏言政事的权责。其主官称都御史,为从一品,高于正部级。下设御史若干名,为从五品,相当于副局级,级别虽不高,对于分管的省、道,尤其是前往巡按时,却有弹劾专断之权。如果擅作威福,便会使人怕;若以权谋私,便会被耻笑。主官话虽不多,却击中了要害,要言不烦,威信自立。

上舍

梁绍壬

明初,一上舍任都掌院,群属忽之。约二三新差巡按者请教,掌院厉声云:出去不可使人怕,归来不可使人笑,闻者凛然。

[学其短]

◎ 本文录自梁绍壬《两般秋雨庵随笔》卷五。

夏紫秋黄

[念楼读]

北方的水果，品味最佳妙的莫过于葡萄。有人问汪琬：

"南方的水果，有什么能和葡萄相比呢？"

汪答道："秋天有金黄的橘柚，夏天有紫艳的杨梅。"

这答语比得上晋代名人陆机的名句："千里地方的莼菜丝做汤，末下出产的咸豆豉调味。"

还有南朝"出口成章"的周颙所说的"早春剪下的嫩韭叶，霜后摘取的白菜心。"

这三句话，都形容出了食物令人忻羡的色香味。

[念楼曰]

话题别致，吐属风流，也是文人雅趣的一种表现。梁绍壬引来和汪钝庵"橘柚、杨梅"句相比的"莼丝、盐豉"，出自《晋书·陆机传》，而文字微有不同，《晋书》的原文是：

> （王）济指羊酪谓机曰："卿吴中何以敌此？"答云："千里莼羹，末下盐豉。"

通常解释为：从远方运来莼菜，淡煮作羹不加盐豉。也有说莼菜不能致远，也没有淡吃的，以为"未"字系"末"字传写之误，千里和末下都是吴中的地名。《两般秋雨庵随笔》是采取后一说的。

"早韭、晚菘"句，则出自《南史·周颙传》：

> 文惠太子问颙："菜食何味最胜？"颙曰："春初早韭，秋末晚菘。"

葡萄

梁绍壬

北地葡萄最美.有客问南中何以敌此.汪钝庵曰橘柚秋黄杨梅夏紫此与千里莼丝末下盐豉春初早韭秋末晚菘同一风致.

[学其短]

◎ 本文录自梁绍壬《两般秋雨庵随笔》卷七。
◎ 汪钝庵,名琬,清长洲(今苏州)人。

春在堂随笔八篇

夫妻合印

[念楼读]

松江的尹鋆德(别字冰叔)拿了一卷画来叫我题诗,画的是他祖母黄老太太在纺织,已经题咏不少了。其中有一首七言古诗,作者署名"吴江张滃",书者是"璞卿女史陆惠",最有意思的是盖的一颗图章:

　　文章知己,患难夫妻
　　张春水、陆璞卿合印

既是患难夫妻,又是文章知己,真可说是文坛佳话。

[念楼曰]

从现代各国(包括中国)实际情况看,女子在文学艺术方面的天赋和能力,绝对不比男子差。但古代中国的女子文学家、艺术家,真正为多数人认知认可的,却屈指可数。女诗人还有个李清照,女画家、女书家就很难数得出。杜甫诗"学书初学卫夫人",可是唐人论书法将她列为"下之下品",作品亦不见(至少我不见)有传世的,不好硬拉来凑数。

直到不太讲究传统礼制的蒙古和满洲来做了主,男尊女卑的关系才起了微妙的变化。女子的地位虽未上升,男子的地位一下降,差距渐渐缩小,才有了管夫人"书牍行草,殆与其夫不辨"的评价,但宋濂修《元史》,仍然连她的名字都没有提。张春水、陆璞卿这一对"文章知己",已是鸦片战争以后的人,又是以鬻书画为业而非仕宦之家,才能如此"合印"。如果换成了当宰相的"刘罗锅",那就说什么也不会让为他代笔的姬人盖印落款。

词场佳话

俞樾

华亭尹冰叔鋆德，以其祖母黄纺织图索题，图中题者甚众。有张春水七古一章，署云吴江张澹未定草。璞卿女史陆惠书钤一小印云文章知己患难夫妻。张春水陆璞卿合印，亦词场佳话也。

[学其短]

◎ 本文录自俞樾《春在堂随笔》卷一，原无题。
◎ 俞樾，号曲园，清末浙江德清人。
◎ 华亭，旧县名，后改名松江，今属上海。
◎ 张澹，字耕云，号春水，清末江苏震泽（后并入吴江）人。

百 工 池

[念楼读]

西湖净慈寺外有一个"百工池",寺里的大圆和尚说,这是"济公和尚"开出来的。

查《西湖志》,净慈寺历史上多次发生火灾,北宋熙宁年间,有会风水的人说,须得挖一处水池才能消灾。当时的住持宝文和尚为此发动募捐,参加捐助者不下万人,才建成"百工池"。可见此池在北宋即已修成,与南宋时的"济公"并无关系。

如今都说"济公"开池,全不知是宝文和尚出的力。以讹传讹,真伪真有些难辨。

[念楼曰]

"济公"倒是实有其人的,他出生在台州,原名李心远。后在杭州灵隐寺出家,法名道济,一直疯疯癫癫,不守戒律,喝酒吃肉,被称为"济颠",常做出些不可思议的不寻常的事。入净慈寺后,名声渐大,经过附会渲染,"灵迹"越来越多,几乎被信众视为"活佛",许多事迹都归到了他的名下。

宝文和尚募捐修成"百工池",乃是"济公"之前一百多年的事情,《西湖志》记载得清清楚楚。可是众口一词,都要把开池归功于"济公"的法力,连本寺的老和尚也这样认为。

俞樾毕竟读书多,一翻《西湖志》,便判明了真伪。但他的文章又有几人读,又有几人肯花时间精力来考证传说和历史人物事迹的真伪呢?"济公"我却在电视上看过好多回。

非颠僧遗迹

俞樾

余游净慈寺,寺僧大圆指门外百工池,谓是宋时颠僧道济遗迹。余按西湖志云,宋建炎已前寺累遭火鞠为荆墟。熙宁间有善青乌术者云,须凿池以禳之。寺僧宝文乃募化开池,与力者万人。故名则此池之开非道济也,世俗知有道济,不知有宝文,传讹久矣。

[学其短]

◎ 本文录自俞樾《春在堂随笔》卷二,原无题。

◎ 道济,南宋僧人,世称"济公"。

◎ 熙宁,宋神宗年号。

◎ 青乌术,即青鸟术,今称"风水"。

碧 螺 春

[念楼读]

　　太湖洞庭山出产名茶碧萝春，我久住苏州，送碧萝春给我的不算太少，真正的极品却难遇到。

　　屠石巨家住洞庭山，拿了《隐梅庵图》来要我题诗，送给我一小瓶。那颜色，那味道，那香气，才是真正的极品。

　　我将它带回杭州住处，打来湖畔的好泉水将它泡上，品味之余，不禁叹息道：穷书生有限的口福，只怕这一盏茶便让我享用完啦。

[念楼曰]

　　"碧萝春"应作"碧螺春"。比俞樾大一百三十八岁的王应奎写的《柳南续笔》中说，此茶原是洞庭东山上"野茶数株"所产，某年采摘时筐盛不下，揣了些在怀里，受热后香气勃发，采茶人直喊香得吓杀人了，"吓杀人者，吴中方言也，因遂以名是茶"。康熙三十八年（1699年）南巡到太湖，巡抚宋荦"购此茶以进，上以其名（吓杀人）不雅，题之曰碧螺春。自是地方大吏岁必采办，而售者往往以伪乱真"。

　　野茶树就那么几株，地方大吏采办了去进贡的尚不免"以伪乱真"，俞樾说"佳者不易得"当然是事实；但在一百九十年后（《春在堂随笔》刊行于光绪十五年即 1889 年），来将碧螺春的"螺"改成"萝"，则似乎不必。时间又过去了一百二十年，王稼句君今年惠寄来的两盒，上面印的名字也还是"碧螺春"。

洞庭山茶叶

俞樾

洞庭山出茶叶,名碧萝春。余寓苏久,数有以馈者,然佳者亦不易得。屠君石巨居山中,以隐梅庵图属题,饷一小瓶,色味香俱清绝。余携至诂经精舍,汲西湖水瀹碧萝春,叹曰:穷措大口福,被此折尽矣。

[学其短]

◎ 本文录自俞樾《春在堂随笔》卷二,原无题。

又是一回事

[念楼读]

道光庚戌年和我同榜中进士的谢梦渔，考得很好，是第三名探花及第，学问也不错，可是官运不好，当了二十多年京官，一直不得重用。他曾对我说：

"学问是一回事，考试是一回事，官运又是一回事，各不相干；有学问的未必考得好，考得好的也未必能升官。"

我把他的话告诉了翰林前辈何绍基先生。何先生加上了一句："有学问，能不能真正出成果，恐怕又是另外一回事。"

[念楼曰]

中国是名副其实的考试大国，千年以来体制屡变，只有这一点始终没变。中国人读书，也主要是为了考试。

但书读得好不等于会考得好，俞曲园的书读得未必不如谢梦渔（保和殿复试谢取得第一），后来学问文章的成就更远大于谢梦渔，进士名次却让谢居了先。

俗话道："一命二运三风水，四积阴功五读书。"说的就是书读得好不好，与能不能考中状元、探花，能不能被保送清华、北大，当然颇有关系，但亦不如跟贵人有缘千里来相会，或者幸运地拿到了一两块什么赛事金牌，或者爸爸妈妈有实力可以一掷千万元作"教育投资"之更有把握。

谢梦渔

俞樾

余同年生谢梦渔，以庚戌进士第三人及第，学问淹雅，官京师二十余年，郁郁不得志。尝语余曰：学问是一事，科名是一事，禄位是一事。三者分而不合。有学问者不必有科名，有科名者不必有禄位也。余深题其言，偶以语何子贞前辈，先生曰：传不传又是一事。

[学其短]

◎ 本文录自俞樾《春在堂随笔》卷三，原无题。

◎ 同年生，同一榜考试得中者。

◎ 谢梦渔，名增，清扬州府（今属江苏）人。

◎ 庚戌，清道光三十年（1850年）。

◎ 何子贞，名绍基，清湖南道州（今道县）人。

纪 岁 珠

[念楼读]

吴仰贤太守（别字牧驺）将他自己作的诗抄了一册，拿给我看，其中一首题为《纪岁珠》的，有小序介绍本事：

徽州有一个商人，新婚刚满月，便出外经商。其妻在家，以刺绣维生，每年都要用节省下来的钱，买一颗珍珠用彩色丝线络起，取名"纪岁珠"，作为对远行不归的丈夫的纪念。

待得这个徽州商人回来，他的妻已死去三年。打开她的箱子，用彩色丝线精心结络成串的纪岁珠，数一数，已经串连二十多颗了。

纪岁珠这名字取得真好，记录了这个女人好不容易打发的一生——只可惜我们不知道她的名姓。

[念楼曰]

这实在是一个凄惨的故事，它诉说着旧时代妇女的无告和无望、寂寞和凄苦。俞曲园能记下这故事是可取的，说它"新艳可传"，这"艳"字看出他赏玩的态度，就不可取了。

成书早于《春在堂随笔》的《熙朝新语》，亦记有此事，末云：

汪千鼎洪度为作《纪岁珠》诗云："珠累累，天涯客，归未归？"较白香山"商人重利轻别离"之句，尤觉婉约可悲。

这"婉约可悲"四个字，用在这里，就比"新艳可喜"好多了。

白居易在浔阳江头遇到的只是又一个"苏三"，还在为来往客官们卖艺，而这位守着二十余颗纪岁珠守到死的徽州女子，却是想别抱琵琶也没得抱的。

歙人妇

俞樾

吴牧驺太守仰贤手录所为诗一册见示,内有纪岁珠一首序云:歙人某娶妇甫一月即行贾,妇刺绣易食,以其所余岁置一珠,以彩丝系之曰纪岁珠。夫归,妇殁已三载,启箧得珠,已积二十余颗。余谓此妇幽贞自守,而纪岁珠之名亦新艳可传,惜不得其姓氏也。

[学其短]

◎ 本文录自俞樾《春在堂随笔》卷五,原无题。
◎ 歙（shè）,县名,今属安徽黄山市。

甘 露 饼

[念楼读]

甘露饼是天长县的特产，九文钱一枚，并不特别甜，却特别松脆。

勒少仲有次得到一百枚，认为难得，分送给我和吴平斋、应敏斋二君各二十四枚。

他在送饼来的信中说："此饼风味很不错，特送请一尝，如果感觉还好，可否写它一写？"

他显然不知道，对于我来说，这并不是什么新奇之物，于是我回信道："这是天长苏家的出品，所以做得这样酥。"有意卖弄了一下自己的老资格。

但不管如何，能够又一回吃到自己喜欢的甘露饼，心情总是高兴的，一下子竟仿佛回到了顽皮的少年时。

[念楼曰]

勒、吴、应、俞四人，都是谈文论学的朋友。勒方锜做到了河道总督，应宝时署江苏布政使，吴云署苏州知府，官都比俞樾大，写文章则是俞当仁不让的事情。每人送二十四枚饼，看得出他们完全是以文人身份平等相待、随意往来，自有一份生活的情趣。

一百二三十年前，哪怕在苏南这样富庶之区，物资交流也是不怎么通畅的。出生于江西偏远小县的勒方锜，恐怕还是到江苏当了河督，才能"偶得百枚"甘露饼。初尝之后，觉得"风味颇佳"，赶忙分赠三位好友"各二十四枚"，自己剩下的恐怕还不到二十四枚了吧，谁知却被俞樾幽了一默。

勒少仲送饼

俞樾

甘露饼出天长县。一饼直钱九。味不过甜而松脆异常。勒少仲同年偶得百枚。分贻吴平斋应敏斋及余各二十四枚。媵以书云此饼风味颇佳请试尝之。不知尚足一说否。余报以书云此苏家为甚酥也。偶书于此识老饕口福。

[学其短]

◎ 本文录自俞樾《春在堂随笔》卷五，原无题。
◎ 天长县，属安徽（今天长市），邻近江苏。
◎ 勒少仲，名方锜，字悟九，清江西新建（今属南昌）人。
◎ 吴平斋，名云，号退楼，清浙江归安（今湖州）人。
◎ 应敏斋，字宝时，清浙江永康人。

封 印

[念楼读]

明朝嘉靖年间，田汝成著《西湖游览志》，说是：

政府机关在每年大年三十那天将印加封，停止用印，新年正月初三过后将印启封，开始办理公事。

可见当时封印的时间只有四天。

现在年头年尾官厅封印的时间却长达一个月，现规定不知是何时开始实行的，值得查考查考。

[念楼曰]

看《平贵回窑》，王宝钏不相信丈夫成了西凉国主，而当丈夫边唱边做，"用手拿出番邦宝，三姐拿去仔细瞧"，一瞧，便连忙跪下讨封了。此"宝"即是印，在古代亦即是权力的标志和代表。

旧戏中还有一出《炼印》，说的便是官员失去印信便失去了权力的故事。

古时印玺确实能够代表政权，不仅仅作为印鉴。新官到任，未接印前，便不是官。过年封了印，官府便不能行政，更不能执法了。封印和开印都是很郑重的事情，要按规定，不能随意的。

明朝封印时间规定是四天。而清朝则规定十二月十九至廿二择吉封印，至明年正月十九至廿一择吉开印，封印时间长达一个月。

看来政府机关放假越来越长，公务人员身心越来越懒，历史上从来都是如此。

官府年假

俞樾

西湖游览志.乃明嘉靖时田汝成所著.内有一条云.除夕官府封印不复签押.至新正三日始开然则明代封印殆止此四日欤今制未知何时更定亦宜查考也.

[学其短]

◎ 本文录自俞樾《春在堂随笔》卷六,原无题。

◎ 嘉靖,明世宗年号。

◎ 田汝成,字叔禾,明钱塘(今杭州)人。

不说现话

[念楼读]

　　写牛郎织女的诗词，一般都是感伤有情人被无情阻隔，分别时多而欢会时间少；或则欣慕生离胜于死别，怨偶只要能保持时间长久，终归总有相聚时，很少有别出机杼的。

　　光绪三年七夕，恩竹樵填了一首《诉衷情》词，邀友人唱和，潘玉泉的和作中，有这样几句：

　　　　神仙过的日子从来就不似人间，
　　　　都说道山中方七日世上已千年。
　　　　在凡人看来是一年只许一相见，
　　　　他们两个却是刚刚离别又团圆。

这一层意思，好像倒是未曾有人说过的。

[念楼曰]

　　潘君之作，其实也很平常。他说"仙家岁月"流逝得比人间慢得多，凡人的一年只等于他们短短几天，牛郎织女"小别即团圆"，不会觉得有多么难受。殊不知七夕题材本在刻画相思不得相见的痛苦，这样冷冰冰一解释，反而毫无诗意了。俞曲园看中的，恐怕只是他不跟着人家说同样的话这一点。

　　本来照着别人讲过的"现话"讲同样的话是比较容易的，要自出心裁讲别人没讲过的话就大不容易了。"第一个将花比美人的是天才，第二个将花比美人的是庸才，第三个将花比美人的是蠢才"，这句西洋谚语确实是不错的啊。

赋七夕

俞樾

自来赋七夕诗词,大率伤其离多欢少。否则羡其有生离无死别耳丁丑七夕。恩竹樵方伯赋诉衷情词索同人和潘玉泉观察和云仙家岁月异人间弹指便经年.一年一度相见小别即团圆此意颇未经人道也.

[学其短]

◎ 本文录自俞樾《春在堂随笔》卷七,原无题。

◎ 恩竹樵,名锡,苏完瓜尔佳氏,清末旗人。

◎ 潘玉泉,名曾玮,字宝臣,江苏吴县(今苏州)人。